人生七周目の
予言者は
王弟殿下の
寵愛を回避したい

人生《じんせい》七《なな》周《しゅう》目《め》の予《よ》言《げん》者《しゃ》は王弟《おうてい》殿下《でんか》の寵《ちょう》愛《あい》を回《かい》避《ひ》したい

村《むら》崎《さき》 樹《たつる》

ILLUSTRATION：小山田《おやまだ》あみ

人生七周目の予言者は王弟殿下の寵愛を回避したい

LYNX ROMANCE

CONTENTS

人生七周目の予言者は
王弟殿下の寵愛を回避したい

運命というものは果たして、自分にとって敵なのか、味方なのか。

占術師《せんじゅつし》の真似事《まねごと》をしているとき、ルカはいつもそんなことを考える。石畳の上にあぐらをかき、目の前に敷いた紫色の敷布に白い小石を三つ放り投げた今も、同様に。

石の並びを確認するようにもっともらしく顎《あご》に指を添え、ルカは「うーん」と考える素振りをした。

「少なくとも今週いっぱいは、東の山を越えるのはやめておいたほうがいいな。今夜から降り出した雨は、明日の昼から急激に激しくなる。明朝から山に登り始めたら、土砂《どしゃ》降りの雨の中で立ち往生することになるはずだよ。下手《へた》に動くと地崩れに巻き込まれて怪我《けが》を負う可能性もある」

野山に囲まれた片田舎《いなか》の小さな町・マセクスタでは、週に二回市が立つ。鮮やかな夏空の下、灰色の石畳が敷きつめられた広場は、台車に積まれた彩り豊かな夏野菜や、干し肉、ライ麦といった食料品を売る行商人と、そこに集う地元住民で大いに賑《にぎ》わっていた。

食料品以外にも蠟燭《ろうそく》や木製の食器、織布等の生活雑貨を販売する者もいて、ルカもどちらかといえば後者に当たる。本来の商品である薬はすでに客に渡していて、今はそのついでに石を使った占術……らしきものを披露しているところだった。

「土砂降りの雨～？　本当に？　ここ数日、気持ちいい快晴が続いているじゃない。今だって雲一つ見当たらないけど」

片眉だけを器用に上げて怪訝《けげん》そうな顔をするのは、常連客であるジェシカだ。隣には夫である若き靴職人のハドリーが並び、たくましい腕で五歳になる娘のカレンを抱いている。夫妻はルカと年齢が近いこともあり、町にやってくるといつも気さくに声をかけてくれた。

疑いの目を隠さずに問われるとルカも自信がなくなってきて、山葡萄《ぶどう》の蔓《つる》で編んだ籠の蓋をそっと開けた。飲み薬や塗り薬といった薬が入った瓶にひっそりと身を寄せる、一冊の本を取る。

手のひらよりも一回り大きなその本は、紙の端々が変色し、擦り切れた表紙は題名が読めなくなっていた。ペラペラとページを捲《めく》って内容を確認したルカは、今度は迷いなく頷《うなず》いてみせる。

「うん。間違いなく今夜から雨になる。一七五年の歴史を誇る僕の占いにそう出てる」

「占いは独学って前に言ってなかった？」

「そ。僕が生み出した独自の占いだね」

「ルカは今何歳なのよ？」

「二十四歳。不慮の事故かなにかで生涯が幕を閉じない限りは、あと五ヵ月くらいで二十五になる」

「じゃあどこから出てきたのよ、その一七五年っていうのは」

勝ち気な性格のジェシカは顔を歪《ゆが》めて額《ひたい》を手で押さえ、「呆《あき》れた」と盛大な溜《た》め息を漏らした。

飄々《ひょうひょう》とした態度のルカにジェシカが苦言を呈するのは、二年前にルカがマセクスタからほど近い山の麓《ふもと》に引っ越してきて以降、恒例のやりとりとなっている。

周囲の人々がくすくすと笑い声を漏らす中、ハドリーが「まあまあ」と仲裁に入った。

「いいじゃないか。どんな起源だろうが、ルカの占いが抜群に当たるのは確かなんだ」

おおらかなハドリーに毒気を抜かれたのか、ジェシカは夫を見つめて瞬《まばた》きし、口角を上げた。

「本当にね。最近じゃルカのことを『翠眼《すいがん》の予言者』って呼ぶ人までいるくらいだし」

「大袈裟《おおげさ》な……。そもそも僕は占術師ですらなくて、ただの薬師《くすし》なのに」

意に添わぬ呼び名に、ルカは首の後ろに手を当てて眉を下げ、じとっとした視線を夫妻に向けた。

けれどその実、まずいな、とも思っていた。

ルカが肩を竦《すく》めて苦笑する中、離れた場所に立つ年若い女性たちが、ちらちらとこちらを見ていることに気がついた。ルカがにっこり笑むと、初心《うぶ》な娘たちは「きゃあっ」と黄色い声をあげる。

そんなルカを前に、ジェシカが鬱陶《うっとう》しげに顔を歪めた。

「ルカが命の危機に瀕《ひん》するとしたら、原因は間違いなく痴情のもつれね。性別も関係なく、すぐそうやって人をたぶらかすんだから」

「おいおい、失礼だな。清らかな純潔の青年に向かって」

「あんたの発言はなに一つとして信用ならないわ」

ジェシカとルカの会話を聞いていたカレンが、ハドリーの腕の中で「ちじょう？　じゅんけつ？」と首を傾《かし》げた。おかげで困り顔のハドリーに「時と場所を考えてしゃべってくれ」と注意されてしまい、ジェシカと二人で口を噤《つぐ》むしかない。

最初の人生から、ルカは自分の容姿が人目を引くことを自覚していた。

青味がかった緑色の目ははっきりとした二重で、長い睫毛《まつげ》に囲まれている。薄明るい茶色の髪はゆるやかに波打ち、絹のように艶めいて繊細な造形の顔をより一層引き立たせた。体の作りは間違いなく男のものだが、全体的な線の細さも相まって、ルカは見る者に中性的な印象を与えるらしい。

生まれて数ヵ月で礼拝所の前に捨てられたルカは、司祭に拾われ修道士として育てられた。当時は恋愛など許されない立場だったが、それを知りながら好意をぶつけてくる人間は男女問わずいた。

酪農を営む夫婦に拾われたときも、牧場に舞い降りた天使として有名になった。行商人に拾われたときも、貴族の従者に拾われたときも、料理人に拾われたときもそうだった。

好意的に思ってもらえるのは単純に嬉《うれ》しい。けれど自分の存在がある者に知られないよう、注意を払って生きている今世では、注目を集める外見はルカの足を引っ張っていた。

「ま、僕の話は信じてもらえなくてもいいけど。でも占いの結果だけはちゃんと信じてよ？」

敷布と小石、古びた本を籠にしまうと、ルカは緑がかった青色の頭巾《ずきん》つき外套《がいとう》を抱えて腰を上げた。

豊かな土壌に恵まれたトレーネスタン王国は、年間を通して寒暖差があまり大きくない。山のそばにあるマセクスタは夏でも朝晩は涼しく感じる。

釘《くぎ》を刺すルカに、ハドリーは「もちろんだよ」と頷いた。その返事にルカはふっと目許《めもと》を和らげ、幼いカレンの頭にぽんと手を置いた。

「じゃあね、カレン。怪我をしたときはお母さんに渡した薬を塗ってもらうんだぞ？　ヤロウの葉は止血と炎症の抑制効果があるから、痛いのなんてすぐに飛んでいっちゃうさ」

「うん。ありがと、ルカ。またね！」

ルカの手の下でカレンは愛らしい笑みを浮かべた。三人にひらひらと手を振りながらルカは賑やかな広場をあとにする。

住宅が建ち並ぶ通りを抜け、山のほうに向かってまっすぐ歩を進めると、やがて石畳が土に変わり眼前に青々とした草原が広がった。夏の日差しを浴びて輝く緑はいつもルカを癒やしてくれる。

風にさらさらと揺れる草を眺め、ルカはおもむろに足を止めた。左手に提げていた籠から占いに使った本を取り出す。細い指でページを捲ると、古い書物特有の匂いがふわっと立った。

ハドリーを占った際に見たページにたどり着くと、ルカはそこに書かれた内容を改めて確認した。

〈二十四歳　七月十七日　マセクスタの東に面した山で地崩れが発生。靴職人が生き埋めになる〉

ルカの筆跡で記されているのは、石の並びによる占いでもなんでもなかった。一見するとただの日記帳にも思えるが、日付は明後日《あさって》のものだ。

ハドリーに告げた部分だけではなく、今まで起きた出来事も、この先起こるはずの出来事も、トレーネスタン王国で起こる事件や事故についてびっしりと書き込まれている。ルカが生まれてから二十五年の間に起こる出来事を、七回分にわたって書き記してきた、予言の書とも言える本。

予定どおり明日の朝から東の山に登っていれば、ハドリーは明後日には地崩れに巻き込まれていたはずだ。それを知っていたから、薬を買いにきたハドリーたちに「近日中に山に登る予定はないか」と声をかけ、占いを申し出た。可愛《かわい》いカレンに父親を失わせるわけにはいかないと思ったのだ。

「全部本当なのになあ。僕が生きてきた約一七五年分の歴史が詰め込まれた占いっていうのも、その間ずっと清い体でいるっていうのも」

誰に聞かせるでもなくつぶやいて、ルカは小さく口角を上げた。本を籠に戻すと、再び山に向かって歩き始める。正面から吹いてきた風が、脇に抱えている外套の袖をはためかせた。

ルカは前世の記憶を持ったまま、すでに七回目の人生を歩んでいる。同じ土地で、同じ人物が同じ人生を歩む、この奇妙な世界で。


自分に前世の記憶があると気づいたのは、二回目の人生を歩んでいたときだった。

当時ルカは五歳で、トレーネスタン王国の東南部で酪農を営む育ての親のもと、のびのびと暮らしていた。同年代の他の子供に比べおしゃべりが上達するのが異様に早いと言われていたが、それでもごく一般的な五歳児であったと思う。

身に覚えがない記憶が突如としてよみがえってきたのは、義理の両親と食卓を囲んでいるときだった。円卓に着いて夕食を始めようとした際、ルカは匙《さじ》を手に取る両親を見て違和感を覚えた。

『ご飯の前にお祈りはしなくていいの？』

突然そんなことを言い出した息子に、両親もまた不思議そうな顔をした。

『どうしたんだ？　急に。今まで一度もそんなことしてなかっただろう？』

『まるで修道士さんみたいね。食事の前にお祈りをする家もあるんだとお友達が教えてくれたの？』

どこかで聞きかじった知識を披露したいのだと決めてかかる両親に、ルカはもどかしい思いで唇を結んだ。それと同時に、母が口にした「修道士」という言葉に奇妙な懐かしさを感じる。

自分は確かにその職種に就いたことがあり、仲間たちとともに食事の前に神へ祈りを捧げていた。

『違うよ。僕、お腹《なか》空いたから早く食べたいなーって思いながら、いつもこうやってお祈りしてたんだ。やってみせるからちゃんと聞いてて』

ムキになって言うと、ルカは顔の前で手を組み祈りの言葉を口にした。付け焼き刃の知識で覚えたとは思えない、難しい単語を組み合わせた長々とした祈りを、五歳のルカは淀《よど》みなく口にする。

すべてを言い終えてまぶたを開けると、両親は口をぽかんと開け、唖然《あぜん》としてルカを見つめていた。

『どうやって覚えたんだ？』と父に問われても、ルカはうまく説明することができない。物心ついた頃から毎日行っていたので自然と覚えた……はずなのだが、食卓に着くなりすぐさま食事を始めていた自分も確かに存在するのだ。

その一件をきっかけに、ルカは自分の記憶でありながらそうではないような、不思議な光景を頻繁に思い出すようになった。

自分の世話を焼いてくれた父代わりの司祭、同じ礼拝所で育った孤児の仲間たちが、そのまま修道士仲間になったこと。信仰よりも毎日いかに楽しく生きるかに注力していたルカには、正直に言ってしまえば少しばかり退屈な、けれど平穏で温かな日々。

しかしルカの中に刻まれた記憶はあまり長くは続かなかった。二十五歳の誕生日前日、ルカは風邪をこじらせて高熱にうなされ、呆気《あっけ》なく命を落としていたことを思い出したのだ。

幸いにも、ルカが現実離れした発言をしても両親は気味悪がったりせず、『きっとルカには前世の記憶があるんだな』と納得してくれた。

『命が尽きたあと、肉体を離れた魂はまた別の肉体に入って新たな人生を歩むんだ。こういうのを生まれ変わりって言うんだよ』

父の言葉にルカは頷いたものの、奇妙だと思った。前世の自分は今の自分と寸分違《たが》わぬ顔であったように記憶していたからだ。別の肉体に魂が移ったのなら、容姿も別人のものになると思うのだが。

自分の身に起きた生まれ変わりと、両親が教えてくれた世間一般で考えられる生まれ変わりとは違うのかもしれない。

そう感じたのは、七歳が過ぎ、新聞に書かれている内容をすべて理解できるようになってからだ。おしゃべりと同様に、ルカは文字の読み書きを覚えるのも、その意味を正しく読み解けるようになるのも他の子に比べずっと早かった。

円卓に広げられていた新聞に目を通し、ルカは言葉を失った。

(僕、ここに書いてある出来事を全部知ってる……)

訪れたことなどあるはずもない遠くの国の名前と、そこで起きた内乱。自分が住む村からは離れた地で起きたトウモロコシの窃盗事件。大きな街で暮らす貴族の次女が他国へと嫁いでいったこと。

それだけではなく、これらの出来事の次の展開までもが手に取るように分かった。

内乱は三年にわたって続き、反乱軍の勝利によってその国は新たな時代を迎える。窃盗犯は一週間後に捕まるが、肝心のトウモロコシは大半が鶏《とり》の餌にされていて取り戻せなかった。貴族の次女は一年半後に息子を産み、トレーネスタン王国とその国を結ぶ架け橋となる。

予想どおり、一週間後には窃盗犯が捕まった。その後も新聞に載っている記事に覚えがある出来事が複数見つかった。前世の記憶を自覚したときとは違い、今度は両親にも報告できなかった。

（こういうの、多分生まれ変わりとはまた違う気がする。なんだろう……、未来予知？）

頭の中に浮かべたその言葉も、しかしなぜかしっくりこない。悶々《もんもん》とした思いを抱えたまま成長したルカは、十六歳で成人を迎えると転生前の自分が住んでいたはずの礼拝所を訪ねてみた。

トレーネスタン王国内の北部にある町にたどり着き、礼拝所の前までやってきたルカは、あんぐりと口を開けたまま言葉を失った。孤児たちとともに礼拝所横の畑で芋の収穫をする司祭と、それを手伝う修道士たち。彼らは、前世の自分が一緒に暮らしていた人々そのものだったのだ。

（これは一体どういうことなんだ？　僕が亡くなってすぐに生まれ変わったとしても、少なくとも十六年分の時間が経《た》ってるはずじゃないのか？）

手を土で汚しながら芋を掘り出す司祭は、記憶の中の彼と比べ少しも年を取っていない。それどころか、むしろ若返っているようにすら感じた。孤児たちも、修道士だったルカが面倒を見ていたのと同じ顔ぶれだが、やはり最後に見たときよりも皆幼い。

前世の自分が十六歳だったときと同じくらいの年頃だと気づき、ルカは一つの推測に至った。

（もしかして……、僕は別の人間に生まれ変わったんじゃなく、同じ『ルカ』として別の場所に生まれて、もう一度人生を歩み直してるってこと……？）

荒唐無稽な発想だが、そう考えればすべての辻褄《つじつま》が合う。同じ場所で同じ人間が生き、同じ歴史を繰り返していることにも納得できる。結末にたどり着いた本を何度読み返しても、そこに描かれた登場人物や物語が決して変化しないのと同じように。

それからルカは、自分が覚えている限りの前世の記憶をとある本に書き込み始めた。表紙の文字が掠《かす》れて読めなくなったその本は、家の前に捨てられていたルカを両親が見つけた際、ルカとともにおくるみに包まれていたらしい。

不思議なことに本にはなにも書かれておらず、分厚い手帳と化していた。『ルカの大切なものかもしれないな』と言って両親が渡してくれたその本の正体に、前世の記憶がよみがえって以降のルカは実は気がついていた。

これは経典だ。修道士だったときに毎日読んでいた、神の教えが説《と》かれた本。

なぜ生まれ変わりの過程で本文の文字が消えてしまったのかは分からないが、自分の身に起きた奇妙な出来事を綴《つづ》るにはこの本が最適だと思った。

書き溜めた前世の出来事をもとに、ルカは時折顔見知りに助言をするようになった。暴風雨によって農作物の被害が出るため早めに出荷したほうがいい、あとひと月もすればこの鉱石の価格が跳ね上がるから今のうちにたくさん掘っておくべきだ……といった、ごく身近な出来事についての助言だ。

最初は『なにを言ってるんだ』と怪訝そうな顔をしていた近隣住民も、その発言が軒並み的中するとやがてルカを予言者として崇《あが》めるようになり、様々な助言を求めた。せっかく前世の記憶があるのだから今世に役立てたい……という気持ちから行った予言だが、感謝されるのはやはり気分が良い《い》。

求められるがまま知り得るすべての出来事を伝えるようになったルカは、予言者として知られるようになり、とうとう国王から『より良い政《まつりごと》をするため力を貸してほしい』と呼び出しを受けた。

差し向けられた馬車に乗りルカは王都を目指したが、崖に面した険しい山道を移動している際に、盗賊の襲撃を受けた。怯《おび》えた馬が暴走し、馬車は崖を滑落。ルカの二回目の人生も早々に幕を閉じることになった。一回目の命日と同じ、二十五歳の誕生日前日のことだった。

けれどルカの命が尽きても、奇妙な人生が終わることはなかった。孤児として生まれ、別の親に拾われたルカは、やはりこれまでの人生の記憶を持ったまま成長し――同じ日に命を落とす。

その繰り返しで、ルカが最初に生を受けてから実に約一七五年もの年月が経過していた。様々な場所に出向いてどんなに知識を蓄えても、まるで時間が巻き戻るかのように生まれ変わる原因だけは、いまだに皆目見当がつかなかった。

雨水に濡れた草を踏みしめながら獣道を歩いていると、頭上からぽたっと冷たい雫《しずく》が落ちてきて髪を濡らした。ルカは眉を顰《ひそ》め、外套についている頭巾を引っ張って頭に被《かぶ》る。

四日間降り続いた雨が止《や》み、昨日になってようやく気持ちの良い快晴となったため、今朝は東の山を訪れていた。背負い籠《しょご》にめぼしい薬草を放り込みつつ、地崩れが起きている場所を慎重に探る。

ハドリーは忠告どおり東の山に登るのを延期したらしく、昨日の昼に一度町で無事であることを確認済みだ。それでも他の誰かがうっかり山に入り、地崩れに巻き込まれていないとも限らない。

(鎮痛剤や炎症抑制効果のある薬、滋養強壮剤や包帯なんかも持ってきたから、怪我をしている人や遭難した人を見つけてもある程度は対応できると思うけど……)

修道士時代に得た知識を活《い》かし、ルカは各地を転々とする流浪の薬師として生きていた。山に登っては薬草を摘み、煎じたり精油と混ぜたりして薬を作る。凄腕《すごうで》の薬師と呼べるほどの技量はないが、雨風をしのげる場所で慎《つつ》ましく生きていくには問題ない程度の稼ぎを得ていた。

周囲に気を配りながら山の奥へ進んで行くと、前方の木がかさりと音を立てた。特定の枝葉だけが揺れているので、風ではなく生き物がぶつかったのだろう。人間か、はたまた動物か。後者ならせめて熊《くま》や狼《おおかみ》ではないといいのだが。

足を止め、気持ちを引きしめて前方を見据えていると、やがて木を揺らした者が姿を見せた。

木の陰から現れたのは、金属製の肩当てと胸当てを身に着け、丈の長い羽織をまとった男だった。年齢はルカより一つ二つ上だろうか。腰に長剣を差しているが、騎士や兵士が胸に飾る紋章が見当たらないことから、個人で依頼を請け負う傭兵《ようへい》だろうと想像する。

けれどその厳《いか》めしい格好以上にルカの視線を釘づけにしたのは、彼の精悍《せいかん》な面立ちだった。

真っ先に目を引くのは、荒々しい印象の燃えるような赤髪だ。彫りの深い目許には強い輝きを放つ琥珀《こはく》色の双眸《そうぼう》が並んでいる。凜々《りり》しい眉、通った鼻梁《びりょう》、形の良い唇のすべてが、男らしい魅力を放っていた。そのうえ体軀《たいく》にも恵まれていて、どこをどう取っても非の打ち所がない男前と言える。

「やあ。君は麓の町の住民か？」

伸びやかな声で問われ、ルカは咄嗟《とっさ》に頭巾の端を摘《つま》んで深く被り直した。けれどそんな自分に戸惑いを覚える。これではまるで、彼の視線から逃げているかのようだ。

（僕、なんでこんなことをしてるんだろ。愛想だけは良いつもりでいたのに）

決して褒められた態度ではないのに、頭巾を脱いで顔を晒《さら》す気になれない。彼の前に立っていると妙に胸がざわざわした。これほどの美男子を前にしているのだから、同性であろうとときめきを覚えても不思議はないが、ルカの胸の内に広がるのはそういった甘酸っぱい感情とは異なる気がした。

「うん。お兄さんは誰かに雇われた傭兵かなにか？　最近までここ一帯は強い雨が降り続いてたから、一人で山を歩くのは危ないと思うよ。足を滑らせて怪我をしても、誰にも助けを求められないし」

失礼な姿でいる自覚があるため、不興を買わないよう極力明るい声を出した。しかし赤髪の男は、一向に顔を見せないルカにも気分を害する様子を見せず、朗らかに口許をゆるめてみせる。

「そういう君はいいのか？　見たところ俺と同じく一人のようだが」

「あー……っと、僕は平気なんだよ。その、ほら、山歩きに慣れてるから」

うまい返しが思いつかずしどろもどろになってしまう。すでに七回目の転生ということもあり、ルカは繰り返される人生にいくつかの規則性を見出《みいだ》していた。その中の一つが、「運命の命日である二十五歳の誕生日前日より早く命を落とすことはない」というものだ。

移動している途中で流行《はや》り病にかかっても、夜の路地裏で酔っ払った男たちに絡まれても、いつも

奇跡的に助けが入り大事には至らなかった。そのため、誕生日前日以外はなにが起こっても命に別状はないはずだと、日常生活において危機感が薄れがちなところがあった。

どうせ運命の命日には死に至るのだから、後悔しないように行動したいという思いもある。あとは、どうせ今世が終わってもまた新たな人生を生きればいい、という楽観的な気持ちも。

（いや、でも今回は絶対に二十五歳以降も生き延びるぞって決めてるから！）

腑《ふ》抜けた発想に流れていきそうな自分を心の中で叱咤《しった》していると、赤髪の男が顎に指を添え、思案する素振りを見せた。短い逡巡《しゅんじゅん》ののち、「聞きたいことがあるんだが」と声をかけてくる。

「『竜の初恋』という植物を知っているか？　親指の爪くらいの大きさで、丸みを帯びた薄紅色の花を咲かせるらしいんだ」

「竜の初恋？」

「ああ。滅多にお目にかかれない幻の花らしい。根から掘り返し、花や茎とともに煎じれば、どんな病もたちどころに治る万能薬になると聞いた。どうやらこの地方の山に咲くそうなのだが……」

熱心に説明する赤髪の男にルカは首を傾げた。それほど優れた効能を持つ薬草が実在するならもっと有名になっていそうだが、その花の名前を耳にするのは初めてだ。いや、しかしどこかで聞いた覚えもあるような……――。

「あっ」

思わず大きな声をあげたルカに、男は「心当たりがあるのか!?」と表情を輝かせた。上背がある男にずいっと踏み込まれ、ルカは思わず一歩あとずさる。両方の手のひらを赤髪の男に向け、たじろぎながらも口を開いた。

「それ……、多分この地方に伝わる民話に登場する、架空の花だよ」

実在する花だと信じて疑わなかったのだろう。ルカの返答に、赤髪の男はぽかんと口を開けた。

「不治の病を抱えた少女に恋をした竜が、彼女を想《おも》って体を薄紅色の花に変えるんだ。その花を煎じて飲んだ少女は、全身を蝕《むしば》む病がたちまち消え去ったっていう民話。誰からその話を聞いたの？」

「街に出入りする行商人だ。だ、だが、この山にはごく稀《まれ》にしか見られない幻の花が咲くと、そう聞いたんだが……」

「あるよ、幻の花。でも竜の初恋じゃない。竜の初恋は童歌にもなってるからね。多分その行商人は、架空の民話と実在する花の話がごちゃ混ぜになっちゃったんだろうな」

整然と説明するルカに、赤髪の男は半ば呆然《ぼうぜん》と「民話だったのか……」とつぶやいた。なんだか悪いことをした気分だ、とルカは肩を竦める。あとからじわじわとばつが悪くなったようで、彼は男らしい眉を下げて苦笑した。

「いや……、そうだよな。万病に効く薬なんてあるはずがない。部下にも散々『ただの噂話《うわさ》ですよ』と言われたんだが、なんでも自分の目で確かめないと気が済まない性格でな」

ははは、と苦笑する男の頬《ほお》はほんのりと赤く染まっていた。多分ルカよりも年上の、凜々しい佇《たたず》まいの男なのに、その表情はまるで失敗してしまった子供のようだ。精悍な面立ちが綻《ほころ》ぶ様子に、ルカの気持ちも和らいでいく。

「遠くから来たの？」

もう少し彼と話してみたくて尋ねると、赤髪の男はわずかに視線を泳がせた。

「ああ、まあ……、馬を七日ほど走らせた」

「七日!?」

「竜の初恋を探すためだけじゃなく、隣の町に用事があったんだ。今日の午前中には出立する予定なんだが、その前にどうしても竜の初恋を探したくて、部屋に置手紙をしてこっそり宿を抜け出した。今頃部下たちは立腹しているだろう」

「とんだ上長だね」

ルカの率直な物言いに、赤髪の男は「まったくだ」と笑った。黙っていると鋭く感じる眼光も、くしゃりと表情を崩すと随分和らぐ。出会った瞬間に奇妙な胸のざわめきを覚えたことも忘れ、ルカはこの赤髪の男に対し親しみを覚え始めていた。

「どんな病気を治したかったのか聞いてもいい？　お兄さんは元気そうに見えるけど、家族に具合が良くない人がいるの？」

慎重に質問を重ねるルカに、赤髪の男は「重大な病気ではないよ」と穏やかな調子で告げた。

「世話になってる鍛冶《かじ》職人の腰痛が年々ひどくなっているんだ。もういい年だから引退するべきなんだろうと本人は言っているが、まだ仕事に未練があるのは顔を見れば分かる。どうせ現役を退くのなら、すべてやりきったと満足した状態で退いてもらえたらいいなと、そう思ったんだ」

長剣の柄頭《つかがしら》に手を置き、彼は静かな口調で語る。その様子を、ルカも唇を結んでじっと見つめていた。赤髪の男は今会ったばかりだし、彼が語る鍛冶職人とやらは顔すら知らない。それでも、剣士と職人として信頼し合う二人の様子がまぶたの裏に浮かぶようだった。

顎に指を添えてしばし思案したルカは、背負っていた籠を地面に下ろし、膝をついて中を漁《あさ》り始めた。無造作に投げ込んだ薬草の下から、蓋つきの小振りな籠を取り出す。いくつかの薬とともに中に入っていたのは、前世の記憶をもとに作り上げた、例の「予言の書」だ。

手早くページを捲っていったルカは、とある一文に目を留めた。日付と場所、その日に起こる出来事を確認したうえで本を閉じる。屈《かが》んだまま赤髪の男を見上げ、目が合うとニッと口角を上げた。

「腰痛を治してあげたいんだっけ？　お兄さんはかなりの強運だね。強い雨が三日以上続いたあとの、三日以内の晴れの日にこの山にやってくるなんて」

腰を上げたルカは荷物をまとめて籠を背負い直し、「ついてきて」とだけ言って歩き出した。地面に這《は》う木の根を跨《また》ぎ、茂みを掻《か》き分けながらぬかるんだ道を進んで行く。

決して楽ではない道のりなのに、赤髪の男は文句も言わずについてきた。行き先を尋ねることもなければ、初対面のルカを警戒する素振りも見せない。

お人好《よ》しだな、と苦笑しつつ歩を進めていると、草木が鬱蒼《うっそう》と茂るばかりの景色が唐突に開けた。最初に視界に飛び込んできたのはまばゆく発光する草地で、ルカと赤髪の男は思わず目を眇《すが》める。

髪と同じ色の睫毛を瞬《またた》かせた男は、輝くものの正体に気づき眉を上げた。

「白い花……？」

「そ。この山に咲く幻の花、『白竜のきらめき』だよ」

白竜のきらめきは星形の花びらが特徴の植物で、マセクスタの東にある山のごく限られた場所にのみ咲く。純白の小振りな花が群生しているため、太陽の光を反射して地面が発光しているように見えるのだ。まるで白竜の鱗《うろこ》がきらめくかのごとく。

籠から円匙《えんび》を取り出したルカは、群生地に足を踏み入れると、しゃがみ込んで土に刃先を差し入れた。根が切れないように慎重に掘り起こし、土をある程度落としてから傍らに積んでいく。

赤髪の男も寄ってきて、ルカの隣に立ってその手元を覗《のぞ》き込んだ。

「この花は薬草でね。花から根までを丸ごと煎じて飲めば、炎症抑制と鎮痛の効果が得られるんだ」

「竜の初恋から万能薬を作る工程に似ているな」

「うん。なんせ竜の初恋の民話は、白竜のきらめきをもとに作られたって言われてるくらいだからね。白竜のきらめきが滅多に見つからないのは、地崩れが心配になるほどの強い雨が三日以上降り続いたあと、三日以内の快晴の日じゃないと咲かないからで……っと」

得意になって語っていたルカは、うっかり口を滑らせたことに気づき慌てて言葉を切った。白竜のきらめきの開花条件は、現段階ではまだ解明されていない。今から数時間後に著名な薬師がこの山を訪れ、咲き乱れる白竜のきらめきを見つけるのだ。

白竜のきらめきについて熱心に調べ続けていたその薬師は、今日の発見によって自らの仮説が正しかったと確信する。幻の花と言われた白竜のきらめきの開花条件が判明した……と世間を騒がせるのは、三日ほどあとの話だった。四回目か五回目の人生で読んだ新聞に、すべて書かれていたことだ。

両手にこんもりと積み上がるくらいの花を引き抜き、ルカは「よし」と頷いた。それらを掬《すく》い取ると、腰を上げて赤髪の男に体の正面を向ける。

「白竜のきらめきが注目されるのは珍しさからだけじゃない。普通の薬に比べて、薬効が長く持続するからなんだ。白竜のきらめきを煎じた薬を小匙一杯分お湯に溶かして飲めば、一週間は体の痛みが軽減すると言われてる。腰痛みたいな慢性的な痛みを抱えている人にとっては、それこそ万能薬だって思えるほど重宝する薬になるよ」

そっと白竜のきらめきを差し出したルカに、赤髪の男は「え」と声を漏らしたきり動かなくなった。ルカが自分のために白竜のきらめきを捜していたのだと、まったく気づいていなかったのだろう。

頭巾で目許まで覆っているせいで、至近距離だと長身の彼の顔は見えないが、唖然としている空気は伝わってきた。人は好いけどちょっと鈍いな、とルカはくすくす笑い声を漏らす。

「ほら、手を出して」

ルカに促され、赤髪の男は躊躇《ためら》いがちに手を伸ばしてきた。男が両手で作った器の中に、ルカは集めた花を移す。白竜のきらめきは星が降るかのように輝きながら、ルカの手を離れていった。

「出会って間もない俺のためにこの花を捜してくれたなんて……。どうやって礼を尽くせばいいのか分からない」

純白の花を見つめ、赤髪の男がしみじみとした調子で言う。大袈裟だな、とルカは肩を竦めた。

「言ったでしょ？　お兄さんは運が良かったんだ。咲く見込みがなければ僕だって案内しなかった」

「それでも嬉しかった。あり得ないと笑い飛ばすのではなく、実在しないなら他のもので代用できないかと考え、足場の悪い中案内してくれたことが。……ありがとう。恩に着る」

赤髪の男をうかがうと、彼は透明感のある黄褐色の目をまっすぐルカに向けていた。力強くも真摯な眼差《まなざ》しにどぎまぎし、慌てて俯《うつむ》き頭巾で顔を隠す。それから照れ隠しに軽い調子で笑った。

「そんなに畏《かしこ》まられたら照れちゃうよ。そもそも出会って間もない相手なのに、疑いもせずについてくるお兄さんのほうが奇特だと思うけど。僕が危ない奴《やつ》だったらどうするつもりだったの？」

「俺を陥《おとしい》れる目的があるようには見えなかった」

「分かんないでしょ、僕がどんな奴かなんて。……あー。やめよう、このやりとり。『あなたのほうが良い人だ』ってお互いに言い合ってるみたいで恥ずかしい」

頭巾の上から後頭部を掻いて眉を下げると、赤髪の男にも照れが伝播《でんぱ》したらしく、「確かに」とはにかんだ。むずがゆくも和やかな空気が漂う中、彼は少しばかり迷う素振りを見せてから口を開く。

「もし君が良ければなんだが……顔を見せてくれないか？　目を見てきちんと礼を言いたい」

控えめな調子の台詞《せりふ》に、ルカはギクリと身をこわばらせた。三十分ほど一緒に過ごし、赤髪の男の願いを叶《かな》える薬草を渡したのだから、彼の心境を思えばごく自然な要求だと思う。それなのに、彼に顔を見せることへの躊躇いは一向に薄れる気配がない。

適当な理由をつけて断るべきか、了承するべきか。ルカが頭を悩ませていると、微《かす》かに人の声が聞こえた。誰かを呼んでいるようだが、正確な内容までは聞き取れなかった。

「しまった。わざわざ部下が迎えにきてくれたらしい」

赤髪の男が焦った様子で声が聞こえた方向へ顔を向けた。ルカは内心ほっとして、くるりと身を翻《ひるがえ》して彼に背中を向ける。

「入れ違いになって合流し損ねたら大変だ。午前中に出立するんでしょ？　急いで山を降りよう」

頭巾を下ろさないまま元来た道を戻って行くルカを、赤髪の男が慌てた様子で追いかけてくる。白竜のきらめきを詰めた小さな麻袋を手に、わずかばかりぎこちなくなった空気の中で下山した。

山に入ってすぐの場所には赤髪の男と似たような格好の男が立っていた。歴戦の戦士といった雰囲気の厳めしい風貌の男は、赤髪の男を見るなり眉を吊《つ》り上げる。

「でん……っ、……団長！　どうしてあなたは一ヵ所でおとなしくしていられないのですか！」

赤髪の男のお目付役といったところだろうか。彼よりも年上の部下が、ギャンギャンと声を張り上げて説教を始めた。普段からこうやって自由奔放に行動しているのだろうと、ルカは二人のやりとりを横目で眺めながら込み上げてくる笑いを堪《こら》えた。

団長ということは、傭兵《ようへい》たちを集めた私設団かなにかだろうか。若いのにすごいな、と感心しつつ、ルカは彼らのもとを離れた。それに気づいた赤髪の男が「待ってくれ」と慌てて声をかけてくる。

「親切にしてくれた君に、まだなにも返せていないのに」

「だから、気にするほどのことじゃないって。あまり部下を困らせちゃ駄目だよ？」

苦笑を漏らしながらルカは振り返らずに歩き始めた。それほど長い時間を過ごしたわけではないが、人の好さと情の厚さが言動から十分伝わってくる男だった。顔を見せることへの抵抗感を抱きながらも、一方で、もう少し彼と話をしていたかった……と名残惜《なごり》しさも覚える。

奇妙な出会いだと思った。けれどこの関係は次に繋《つな》がることなく終わるのだ。今までもそうしてきたように。

「せめて名前を教えてくれないか!?」

ルカとの距離が開いてもなお、赤髪の男は諦めずに声を張り上げた。それでもルカは立ち止まらず、なにも答えないまま、片手だけをひらひらと振って別れを告げた。


白竜のきらめきを赤髪の男に渡した日から二週間ほど経った頃、それは突然やってきた。

暖炉と簡易な水回りがあるだけの丸太を組んで作った掘っ立て小屋で、背負い籠に荷物を詰め込んでいると、扉をノックする音がした。マセクスタの住民はルカが住む小屋を直接訪ね、薬の調合を頼んでくることがたまにある。「今行きまーす」と軽い調子の返事をしてルカは扉を開けた。

けれどそこに立っていたのは顔見知りの住民ではなかった。立ち襟の上着をまとった数名の男は、王冠の下に槍《やり》と蔓草を組み合わせた紋章を左胸に飾っている。肩を飾る記章から、トレーネスタン王国に仕える兵士……それも、国王直属の兵団であることがうかがえた。

二回目の人生で似たような経験をしたルカは、瞬時に顔をこわばらせた。

彼らの中心に立つ中年の兵士が、胸に手を当てて軽く頭を下げたのち、後ろに立っていた部下に目配せした。彼の隣に並んだ部下が、ルカに向かって一枚の書状を広げてみせる。

「我らが主君、エリス・ブレイクリー国王陛下並びにウィルフレッド・ブレイクリー王弟殿下が、予言者として名高いルカ殿にぜひともお話をうかがいたいとご所望です。我々とともに王都へいらしていただけますでしょうか」

王弟、ウィルフレッド・ブレイクリー。その名を聞き、ルカは膝から崩れ落ちそうになった。血が冷えていくように全身が冷たくなり、頭の中が真っ白になる。

なぜこの掘っ立て小屋に住んでいることが王弟にばれたのか。なぜ自分の名前を知られたのか。混乱するルカの目に留まったのは、兵士の横に立っているジェシカだった。

「すごいじゃない、ルカ。国王陛下と王弟殿下からお呼びがかかるなんて、一生に一度もないような名誉よ」

得意げな調子で語るジェシカは、二週間ほど前に姿を見せた傭兵から、翠眼の予言者がこの周辺に住んでいないかと尋ねられたらしい。ルカのことだろうとすぐに思い至ったジェシカは、彼もきっとルカの占いに興味を持っているのだろうと考え、名前と住居を教えたのだという。

(下手に僕の存在を口止めすると怪しまれるかと思って、なにも言わずにいたのが裏目に出たんだ)

今日もジェシカが兵士たちを案内したのだろう。ルカの予言者としての功績が王家に届いたことに、ジェシカは嬉しそうな表情を浮かべているが、当の本人は目眩《めまい》を覚えるばかりだった。

六回目の人生を終える直前にとある事実に気づいたルカは、七回目の人生では、この王弟を徹底的に避けてきた。王都に住んだ経験がなかったため王弟の顔までは分からなかったものの、文字がびっしり書き込まれた新聞をくまなく確認し、旅人から情報を得ながら王家の動向を探って、王都はもちろん王弟が来訪する地には決して近寄らないようにした。

流浪の薬師として半年から一年程度で転居を繰り返していたのも、ルカの居場所をその王弟に知られないためだ。前世の記憶をもとに予言を繰り返していれば、どうしても注目を集めてしまう。

とはいえ近しい人間が危機に陥《おちい》ることを知りながら、なにもせずにいるのは良心が咎《とが》める。悩んだ末、予言者扱いをされ始めた場合には早めにその地を離れる……という決めごとを己に課したうえで、ルカは親しい住民に占いと称した助言をしていた。

今回もそろそろこの地を離れるつもりで、家具をあらかた処分し荷造りを進めていた。しかしどうやら、その判断は遅すぎたようだ。

「ルカ殿？　いかがなさいましたか？」

硬直したまま返事をしないルカに兵士は訝《いぶか》しげな顔をした。冷えた唇を結び、ルカは必死に考えを巡らせる。

（今日の日付は……そうだ、八月六日。僕の誕生日は十二月十日だから、運命の命日まであと四ヵ月ある。王都までは馬車で十日ってところだから、今この人たちについて行ったとしても、その道中で命を落とすことはない。きっと無事に王都にたどり着ける）

なにせルカは、二十五歳の誕生日前日までは決して死なないのだ。そのはずだ。実際に試したわけではないので確実とは言えないが。

（そうだ、確実じゃない。でも今ここで王弟殿下の命《めい》に背いたりこの人たちから逃げ出したりしたら、「なにか後ろ暗いことがあるんじゃないか」って変な疑いをかけられて、よく分からないまま重罪人に仕立て上げられる可能性はあるんじゃない？　えっ、今世はそれで死罪になって命を落とすってこと？　服毒？　鞭《むち》打ち？　斬首……？　いやいやいや、せめてもっと穏やかな最期にしてよ！）

ぐるぐると頭を悩ませるルカに、兵士はもう一度「ルカ殿？」と声をかけてきた。それでようやく我に返り、ルカは動揺を隠せないまま「お、お二方のお言葉に従います」と答えた。

国王と王弟が差し向けた馬車にまとめていた荷物を積み込み、ルカは二年間暮らした掘っ立て小屋に別れを告げた。日中はひたすら馬車を走らせ、夕方には手配された宿に入って休息を取りながら、一行は王都を目指す。その道中、ルカは約一七五年に渡る数奇な人生を振り返っていた。

繰り返される死と転生。なに一つ変わることなくルカを迎え入れる世界。その中で、ルカは己の命日が決まっていること以外にも、自分の生まれ変わりにいくつかの規則性を見つけていた。

一つ目は、ルカはどことも知れぬ場所で誰かに産み落とされ、孤児として毎回違う家庭に拾われること。育ての親が住んでいるのはトレーネスタン王国内のどこかで、生まれ育った町や村は毎度異なっている。

二つ目は、生みの親に捨てられたルカのおくるみには、毎回あの本文が消えた経典が一緒に包まれていること。ルカの前世の記憶が消えないのと同じように、元経典に書き込んだ記録は転生後も残っていたため、前世の続きから予言の書を埋めることができた。

そして三つ目は……――。

「長きにわたるご移動、お疲れ様でございます。王城に到着いたしました」

キイ、と音を立てて馬車の扉が開き、ルカははっとした。少し前に王都に突入した馬車はいつの間にか目的地に着いていたらしい。

兵士に促されて馬車を降りたルカは、目の前にそびえる建物に息を飲んだ。

赤茶の石造りの城は側防塔《そくぼうとう》と側防塔の間を城壁が繋ぎ、中心には円錐《えんすい》形の屋根が乗った高さの違う塔が複数連なっていた。壁に並ぶ数えきれないほどの窓が建物の規模を物語っていて、思いきり首を上向けても全貌を確認することが難しい。その重厚な佇まいは見ているだけで来訪者を圧倒した。

門番が立つ入口から中へ入り、長い廊下を歩いた末にルカは謁見の間に通された。大理石の床に敷かれた深紅の絨毯《じゅうたん》は、一段高い場所にある玉座に向かって伸びている。細やかな彫刻を施された柱は半円型の天井に向かって立ち、そこには物語性を感じる絵が描かれていた。

「エリス国王陛下がおいでになられました」

臣下の言葉に、ルカは固い表情で跪《ひざまず》く。気品溢《あふ》れる所作で現れたのは、袖のない深紅の羽織を肩から垂らした、栗《くり》色の髪と琥珀色の目が特徴的な若き国王――エリスだった。

深々と頭を下げるルカに、エリスは「遠路はるばるお越しいただき、心より感謝する」と穏やかな面持ちで告げた。ゆったりと玉座に腰かけるエリスを、ルカは前髪の隙間から恐る恐る観察する。

（この人が「知」の兄、エリス・ブレイクリー国王陛下……）

トレーネスタンの「知」の兄と「武」の弟の評判は、この六年で王国の内外に知れ渡っていた。

先代の国王が四十六歳という若さで逝去した際、王国には悲しみが満ちるとともに、次期国王に対する不安が密やかに囁《ささや》かれた。エリス・ブレイクリーは先見の明を持つ聡明《そうめい》な第一王子であったが、幼少期から体が弱く、二十六歳であった当時も崩れがちな体調を懸念されていたのだ。

しかしいざ国王に即位してみると、エリスは剣術に秀でた六歳下の弟・ウィルフレッドの力を借り、動揺する王国を見事にまとめ上げた。世代交代に揺れる王国の足元を崩さんとしていた近隣諸国も、ブレイクリー兄弟の手腕に感服し、早々にトレーネスタンとの友好関係を続ける方向へ舵《かじ》を切ったという。

エリスが三十二歳、ウィルフレッドが二十六歳となった今も、王国の平和は変わらず保たれている。彼らが手を取り合って王国を統治する限り、トレーネスタンの繁栄は続くだろうと言われていた。

「待たせてすまない。もうすぐ弟も来るはずなのだが」

顔の前で手を組み、申し訳なさそうにエリスが告げる。それと同時に、どこからか騒がしいやりとりが聞こえてきた。

「殿下！　きちんと上着の前を留めてください！」

「窮屈なんだよ。別に畏まった場というわけでもないからいいだろう？」

「予言者様との謁見は畏まった場です！　それに髪ももっときちんとまとめられなかったのですか！」

「少しばかり時間ができたから、直前まで若手の騎士たちに稽古をつけていたんだ」

「ですから、お怪我をされるような真似はお控えくださるよう再三申していますのに……！」

口うるさく注意する年配の男と、軽快な調子でそれをかわす若い男の快活な声。二人の気配が謁見の間に近づいてきたかと思うと、正面に力強い足音が響いた。例の王弟が現れたのだと察し、ルカはますます頭の位置を低くする。

「君が翠眼の予言者、ルカだな。顔を上げてくれ」

まっすぐに届く伸びやかな声は、どこかで聞いた覚えがあった。促されるまま顔を上げたルカは、そこに立っていた人物を認めた途端、驚愕《きょうがく》に目を見開いた。

なだらかな階段の先にある玉座の横に立った王弟は、黒地に金糸の刺繍《ししゅう》が施され、金ボタンと肩章で飾られた立襟の上着を羽織っていた。前が開け放たれているため中から白い上衣が覗いていて、従者らしき男が注意したとおりいささか無造作な印象だ。

服装こそ異なるものの、燃えるような赤髪と凛々しい琥珀色の双眸を見れば間違えようがない。東の山で竜の初恋を捜していた男こそ、王弟であるウィルフレッド・ブレイクリーだったのだ。

（嘘《うそ》でしょ……）

あまりの衝撃にルカが口を半開きにする中、ウィルフレッドもまた虚を衝《つ》かれた顔をしていた。眼光の鋭い目をルカに向け、瞬きもせずに呆然と見入っている。山の中で会った薬師と「翠眼の予言者」が同一人物であることを、彼も今初めて知ったのだろうか。

「あ……、遅れてすまない。我が名はウィルフレッド・ブレイクリー。エリス国王陛下の弟だ」

初めて会ったときから明朗な口調だったウィルフレッドが、あたふたしながら動揺も露《あら》わに名乗った。それから口許を手で覆って黙り込む。玉座に座るエリスが不思議そうな眼差しを弟に向けた。

取り繕うように咳払《せきばら》いをしたウィルフレッドは、改めてルカに顔を向ける。

「よく効く薬草を捜してくれたことにも礼を言いたい。おかげで我が恩人もすっかり元気になった」

「い、いいえ、滅相もございません」

「ところで……君はあの時点で、三日後に新聞を賑わせた白竜のきらめきの開花条件をすでに知っていたな？」

ずばり確信をつかれ、ルカは口を噤んだ。うっかり漏らした情報をウィルフレッドは決して聞き逃さなかったらしい。

「マセクスタの隣の町に用事があって来たのだと話しただろう？　実はあれは、翠眼の予言者と呼ばれる人物を捜すためだったんだ」

小さな町に現れては予言によって人々を救う翠《みどり》色の目の予言者の噂は、ウィルフレッドや国王のもとへも届いていた。しかしその予言者は一ヵ所に留まることをせず、誰にも次の行き先を知らせないまま、ある日突然姿を消してしまうという。

翠眼の予言者に協力を仰ぎたい用件があった王家は、ウィルフレッドと数名の部下で、身分を隠して捜索を行うことにした。予言者が現在住んでいると噂される町に出向いてみたものの、結局その足取りはつかめず、一度王都に戻って情報を精査する流れになった。

その朝に、せっかくだから竜の初恋も捜してみるかと踏み込んだ山で、ウィルフレッドはルカと出会ったのだ。

「目の色を確認することは叶わなかったが、希少な花であるはずの白竜のきらめきを易々《やすやす》と見つける君こそ予言者ではないかと思った。下山後にマセクスタへ向かった我々は、この町に翠眼の予言者はいないかと聞き込みをし、ルカがそうであると確信したんだ」

まるでごく一般的な情報のように教えてくれた白竜のきらめきの開花条件を、著名な薬師が後日大々的に発表したことも、ルカが予言者である仮説をより強める要因となったらしい。ジェシカが言っていた翠眼の予言者を捜す傭兵とは、ウィルフレッドのことだったのだ。

翠眼の予言者を見つけた旨を、ウィルフレッドは王都への到着を待たず伝書鳩《でんしょばと》を使ってすぐに国王に知らせた。うかうかしていてはルカがまた行方《ゆくえ》をくらませるかもしれないからだ。おかげですぐにルカを迎えに行く馬車を出発させることができた、とウィルフレッドは語った。

ウィルフレッドから詳細な説明を受け、ルカは頭を抱えたくなった。ウィルフレッドと決して関わり合いにならないよう注意深く生きてきたのに、運命の命日まで四ヵ月を切ったところで自ら彼に接近してしまうなんて。

（あれ？　ってことは、王弟殿下は予言者の正体が僕だって分かっていたんだよね？　だったらどうして、さっき僕の顔を見たときにあんなにうろたえたんだろう……）

浮上した疑問にルカが首を傾げる中、ウィルフレッドはおもむろに頭上を見上げた。視線の先にあるのは半円型の天井で、馬に乗った騎士が、漆黒の服をまとい仮面をつけた敵と交戦する様子が描かれている。

「『無形の魔女』の話は君も知っているな？」

「は……、はいっ。王国に伝わる民話の……」

天井画を見つめながら尋ねられ、ルカは躊躇いつつ答えた。無形の魔女は民話の中の存在で、美男子ばかりを囲って命を奪う悪しき魔女と言《あ》われている。

けれどルカに向けられた双眸は、架空の物語について話しているとは思えない眼光を放っていた。

「民話ではないんだ。我々ブレイクリー家は、何代にもわたって無形の魔女と戦い続けている。幾度となく封印されながら、長い年月をかけて何度も復活を遂げるしぶとく忌まわしい敵。……その魔女が、最後に封印されてから一五〇年の時を経て、再び今、水面下で動き始めている」

精悍な顔を歪め苦々しくこぼすウィルフレッドに、ルカは啞然とした。古くから伝わる民話のような存在だった無形の魔女が実在したうえ、今も復活を狙っているだなんて、一七五年近く人生を繰り返していながらちっとも知らなかった。

不安げな表情でも浮かべていたのだろうか。ルカを見たエリスが、弟とは対照的に穏やかな微笑《ほほえ》みを見せる。

「だが、我々はこのうえなく力強い存在を知ることができた。それがあなただ」

唐突に話題の中心が自分になり、ルカはギクリとした。この流れで「予言者」である自分を呼び出すなんて嫌な予感しかしない。外套の下で背中に汗が滲《にじ》むが、そんなことを知る由《よし》もないウィルフレッドは、こわばっていた表情をゆるめ形の良い唇で薄く弧を描く。

「我々は……俺は、君の未来を見通す力が本物であることをよく知っている。翠眼の予言者、ルカ。どうか君の力を俺たち兄弟に貸してほしい。ルカには無形の魔女が復活する日を予言してもらい、その日に備えて俺たちは完全なる討伐を行うための策を練ろうと考えている」

説明を受けた瞬間から身構えていた、しかし本心を言えば一番避けたかった役割を担わされ、ルカは切り立った崖から突き落とされたかのような気持ちになった。絨毯《じゅうたん》についた指が色を失い、全身から力が抜けていく。

ルカはあくまで前世で見聞きした記憶をもとに予言をしていた。無形の魔女が実在することや復活の兆しがあることは今世で初めて知ったのだ。当然、それらに関する未来など予言できない。

（かといってこの場ですぐ断ってもいいのかな？　国王陛下の……、……王弟殿下の要望を）

極力ルカを萎縮させないよう、穏やかな表情を意識している様子のウィルフレッドに目をやった。悪い人ではない、ように思える。少なくとも今のところは。けれど腹の内までは分からない。

ウィルフレッドの不興を買ったことによる死を避けるためには、一つ一つの言動に細心の注意を払う必要があった。

（だって、僕の人生を終わらせるのはいつもこの人なんだ。王弟殿下を避け続けていれば、今世こそ運命の命日から逃れられたかもしれないのに、二十五歳以降も生きていられたかもしれないのに……僕は結局この人と関わってしまった。今までの、どの人生よりもしっかりと）

命日が定められたルカの生まれ変わりに関係する規則事項は、次の三つ。

一つ目は、転生のたびに孤児として新しい家庭に拾われること。

二つ目は、転生の際には修道士時代の経典だった本が必ず一緒についてくること。

そして三つ目は、ルカの死に王弟であるウィルフレッド・ブレイクリーが関係することだった。

王城の広い廊下には華やかな調度品や絵画が飾られている。その壁伝いに、ルカはきょろきょろと周囲を見回しながら進んでいた。床に敷かれた長い絨毯のおかげで足音はほとんど立たないが、他人の気配にも直前まで気づけないのが難点だ。

人が来ていないかを確認しては早足で進み、従者がやってくると物陰に隠れてやり過ごし、少しずつ着実に正面玄関に近づいて行く。焦《じ》れったいうえにヒヤヒヤするが、より確実に逃走するためにはこれくらい慎重を期す必要があった。

左右に階段が延びた広間にたどり着いたルカは、太くて丸い柱の陰に身を潜め、重厚感溢れる玄関扉をじっと見つめた。

（ここまではなんとか誰にも見つからないで来られたけど、問題はこの先なんだよなあ）

外には門番が立っていて、城に出入りする人間を厳しく見張っていた。なんとか彼らの監視をすり抜けたとしても、王城の周囲には堀があり、城下町に向かって跳ね橋が架けられている。身を隠すものがなにもない橋を、誰の目にも留まらずに駆け抜けるのは容易ではない。

腕組みをして「うーん」と唸《うな》るルカの肩に、後ろからぽんと手が置かれた。激しく身を跳ねさせたルカは、すんでのところで悲鳴を飲み込み勢いよく振り返った。

「いかがなさいましたかな？　翠眼の予言者様」

穏やかな調子で声をかけてきたのは、白髭《ひげ》を蓄えた老紳士のモーリスだった。従者をまとめる侍従長で、五日前に行われた謁見の際にウィルフレッドの身なりを注意していた人物だ。

ルカは真っ白になりそうな頭を必死に回転させ、もっともらしい言い訳を考える。

「あ、あの、えっと、少し外の空気が吸いたいなと思いまして！　僕なんかにはもったいないほどのお部屋を貸していただいていますが、お城に来てから一度も外に出ていないですし……」

にこにこと愛想良く笑み、ルカは人差し指を立てて饒舌《じょうぜつ》に語った。モーリスがその言葉を疑う様子はなく、「左様でしたか」と納得したように頷く。

「もしよろしければ庭園にご案内しましょう。庭師が丹精込めて育てた薔薇《ばら》が美しく咲き誇っております。ウィルフレッド殿下に振り回され……失礼、ご要望に快《こころよ》く応じてくださった予言者様のお心も癒やされましょう」

先代の国王にも仕えていたというモーリスは、ブレイクリー兄弟の世話を幼少期から焼いている分、ウィルフレッドへの態度に遠慮がない。傍若無人な王族であれば首を跳ねられかねない発言だが、トレーネスタンの王城はそういった緊迫感とは無縁だった。

「いえ、大丈夫です！　いざ部屋の外に出てみたら、お城の中があまりに広いので廊下を歩いてるだけで十分気晴らしになりました」

顔の前で大きく手を振ったルカは、そそくさとモーリスの前から退散した。廊下の先から歩いてくる従者に会釈しつつ、貸し与えられている客室に戻ると、どっと疲れが押し寄せた。

（やっぱり正面玄関から堂々と逃げ出すのは無理があるか……）

重たい体を引きずるようにして移動し、ルカは窓際に設置されたベッドに身を投げ出した。大きさも寝心地の良さも七回分の人生の中で初めて味わう極上のものなのに、ちっとも気が休まらない。

五日前、「無形の魔女が復活する日時を予言してほしい」と頼まれたルカは、要望に応えかねる旨を説明した。ウィルフレッドたちの機嫌を損ねないよう、一語一句に配慮して。

自分は前触れなく未来の光景が頭に浮かぶことがあり、それを予言として伝えているだけだ。見たい未来を選べるわけではないうえ、無形の魔女の復活を示唆する光景は頭に浮かんだ覚えがなく、エリスやウィルフレッドの役に立てるとは思えない。

だから自分の予言に頼ることは諦めて解放してほしい……という気持ちを込めたつもりだったが、ウィルフレッドは平然と『承知している』と言い切った。

『ルカの能力については、マセクスタの住民からも話を聞いている。こんなことを占ってほしい、と具体的な相談をしてきた住民に対し、同じ説明をしていたそうだな』

どうやらそれなりに下調べをしたうえで、ルカを予言者として呼び寄せたらしい。ルカをまっすぐに見つめ、ウィルフレッドは琥珀色の目をやわらかく細めた。

『もしかしたらこの先、無形の魔女に関係する未来を見る可能性もあるだろう？　それにルカ自身は無関係だと思っていた光景が、俺たちにとっては大いに関係する場合もあるかもしれない。どんな平凡な未来でもいい、見たものをそのまま教えてくれたら助かる』

たとえ無形の魔女の情報が得られなかったとしても、ルカを責めるつもりなど一切ないのだから。

そう念押しされ、ルカはとうとう断り文句を失った。

（そうは言っても、この先新しい未来が頭に浮かぶ可能性なんてないんだよなあ。なんせ僕は前世の記憶を語ってるだけなんだから）

同じ時間を繰り返し生きている、と告げたところで信じてもらえるはずがない。そう考え、ルカは普段から「時折未来の光景が頭に浮かぶ」という設定のもとで予言を行っていた。真実を打ち明けるよりはまだ説得力がある説明だと思ったが、その発言が裏目に出るとは想像していなかった。

（今からでも本当のことを伝えてみる、とか？　でもなあ、荒唐無稽な発言で王家を振り回したってことになったら、それこそ罪に問われるんじゃない？　だって予言者である僕を捜すために王弟殿下自ら捜索をしてたんでしょ？）

高い天井を眺めながらルカは必死に考えを巡らせる。ウィルフレッドとの関わりを一刻も早く断ちたいのはやまやまだが、下手を打って運命の命日に命を落とす要因を作ったのでは元も子もない。

二回目の人生で、ルカはウィルフレッドが差し向けた馬車に乗り、その道中で命を落とした。

三回目の人生では、当時住んでいた街にウィルフレッドが来訪することになり、彼を一目見ようと多くの人がやってきた結果、どこからか流行《はや》り病をもらってしまい命を落とした。

四回目の人生では、ウィルフレッドの部下である騎士と遭遇し、怪我を負った彼を助けようと駆け寄ったところを、興奮した馬に蹴り飛ばされて命を落とした。

五回目と六回目も似たようなもので、ウィルフレッドと直接顔を合わせてはいないものの、なにかしら接点ができたため死を遂げる結果となった。一回目の人生では彼との関わりはなかったが、生まれ変わりが始まった二回目以降はすべて共通している。それに気づいたのが六回目の人生の最後だった。

定められた死を回避するため、今世ではウィルフレッドに関係するものは徹底的に避けてきたのに、結局こうして彼が住む城に滞在する羽目になっている。謁見の最後に、ウィルフレッドは「無形の魔女の討伐が完了するまで王城におられてはどうか」と提案してきたのだ。

魔女討伐の協力者であるルカは、復活した魔女に真っ先に狙われる可能性があるため、身辺の守りを固める必要がある。王城であればこれ以上ない警護体制であるうえ、不穏な未来を見た際はすぐにウィルフレッドやエリスに報告が可能だ。

嬉々《きき》として語るウィルフレッドに、ルカは青ざめた顔をエリスに向けた。いくら予言者として巷《ちまた》を騒がせているとはいえ、見ず知らずの人間を王城に住まわせるなんて馬鹿《ばか》な話があってたまるか。

……と、エリスが難色を示すことを期待したのに、彼は困ったように眉を下げて苦笑し、

『言い出したら聞かない弟なんだ。城で暮らすなど気疲れするだろうが、四ヵ月ほどの間だと思うので、どうか協力してくれないか？』

とルカに頭を下げた。気疲れする部分はそこじゃないんだよ！　などと言い返せるはずもなく、無形の魔女からの保護という名目のもと、王城でのこの上なく優雅な軟禁生活が始まったのだった。

ウィルフレッドとの出会いから予言者として協力を求められるに至るまで、やることなすこと裏目に出ているルカは、両手で頭を抱えベッドの上をごろごろと転げ回った。

（ううっ、このまま王弟殿下のそばにいたら運命の命日に僕が死ぬのは確実じゃないか！　そもそも僕が死んだらまた時間が巻き戻って新しい人生が始まるんだよね⁉　だったら魔女の復活なんてどうでもよくない⁉　復活するまでもなく今世は終了だよ！）

七回目の人生こそ長生きすると決めたのに……とじめじめ落ち込んでいると、唐突に扉をノックする音が聞こえてきた。

「ルカ。俺だ、……ええと、ウィルフレッドだ。中に入ってもいいか？」

控えめな調子でかけられた声に飛び起きたルカは、乱れた髪と衣服を慌てて整えた。ベッドの脇に立ってから「どうぞ」と答える。

ゆっくりと客室の扉を開けたウィルフレッドは、ルカの顔を見た途端、精悍な目許を微《かす》かに赤く染めた。戸惑った様子で口許に拳《こぶし》を添え、軽く咳払いをして誤魔化す。その反応にルカもまた不思議な気分になった。

自分の容姿が人目を引く自覚はある。けれどウィルフレッドの動向を探っていたルカは、彼に付きまとう珍妙な噂もまた耳にしていた。その噂どおりだとしたら、田舎町に住む年若い娘のように彼が簡単に自分に心を奪われるとは思えない。

気を取り直した様子のウィルフレッドは、ルカの緊張を解くかのように口許をゆるめてみせた。

「王城での暮らしはどうだ？　なにか不自由はないか？」

「あ、の、はい。王弟殿下のご配慮により、過分な暮らしをさせていただいて、い、います」

窮屈な生活が苦手なルカは、上下関係がゆるやかな田舎で一七五年の大半を生きてきた。上流階級に対する言葉遣いにはまったくもって自信がない。最初の人生でも司祭から敬語の使い方を注意されていたが、修道士仲間とのんびり過ごす分には問題ないだろうと適当に聞き流していた。

そんな自分の不真面目さを今になって後悔する。

「ルカを迎えに行った際、次の町への移動を考えていたらしいな。荷物をまとめてくれていたおかげで、そのまま王城での暮らしが始められて良かった」

「そう、ですね。ははは……」

「どうして短期間での移動を繰り返していたんだ？　君が予言者だと知る人は、できるだけ長く自分の町に住んでいてもらいたいと望むだろう」

「め、目立つのが苦手で……」

まさか「あなたに僕の存在を知られたくなくて」とは言えまい。頬をひくつかせながらぎこちない笑みを浮かべ、ルカは返答を濁した。そのまま次の言葉が出てこなくなる。下手な発言によってウィルフレッドの気分を害したくない……という思いが強く、会話を広げる気にならないのだ。

ウィルフレッドは首の後ろに手を当て、弱った様子で苦笑した。客室に気まずい沈黙が落ちる。

（お互いの立場を知らなかったときのほうが、断然楽しくおしゃべりできてたな）

初対面の際に彼に好感を抱いたことや、和やかな空気で会話をしていたことが思い出され、ルカはひっそりと肩を落とした。そんな自分に戸惑いもまた覚える。一切関わり合いを持ちたくないと思っていた相手なのに、なにを残念に思うことがあるというのか。

「その……、今日はルカに見てもらいたいものがあって声をかけにきたんだ」

ルカの様子をうかがいながら、ウィルフレッドが慎重に口を開いた。

「無形の魔女の復活に関わるものだ。城の外に一緒に来てもらいたいんだが、いいか？」

ウィルフレッドと一緒に出かけるなんて、正直に言えば気乗りしない。けれど自分が王城にいる理由を考えれば、断るなんて選択肢はあるはずもなかった。「分かりました」と返し、ルカはウィルフレッドとともに客室を出た。

王城の正面には城下町が、裏手には森が広がっていた。民衆の混乱を避けるため、無形の魔女が実在する件は一部の人間しか知らされていないという。無形の魔女の秘密が眠る森は王家の許可を得た者しか立ち入れないことになっていて、ルカが連れて行かれたのはその森の中にある時計塔だった。

あまり高くはないその塔は元々礼拝所の一部だったらしい。とはいえ建物自体はすでに朽ち果てていて、木々が生い茂る中に橙色《だいだい》のレンガが散乱していた。そこにぽつんと時計塔だけが残されている。

「この時計は約一五〇年前の十二月三日、八時十七分に動きを止めた。三回目の復活を遂げた無形の魔女が、時計塔を背にして剣を突き立てられ、絶命した瞬間に」

枝葉の間から午後の日差しがこぼれ落ちる中、時計塔の前に立ったウィルフレッドは真剣な面持ちで語った。

「八時十七分……ですか？」

隣に立つルカは目だけを動かして戸惑いの視線を向ける。ひび割れた文字盤の上で、長針と短針は十時九分を指していた。

「そうだ。封印されてからずっと、この時計は八時十七分を示していた。けれど最近になってこの時計塔の前を通った家臣が、針が再び動き出していることに気づいたんだ」

時計の針は通常の速度で進んでいるわけではなく、丸一日かけて短針が一分動くらしい。それと同時期に、王国内では奇妙な事件が起こるようになっていた。

見目の良い若い男が突如として姿を消したかと思えば、失踪中の記憶を失った状態で数日後にこの森で見つかる……というもので、彼らは記憶を失う直前に「美しい女性に声をかけられた」と口を揃《そろ》えた。けれど誰もその顔を思い出せないという。

淡々とした調子で語られた内容に、背筋にゾクリとした感覚が走った。ルカが表情をこわばらせる中、ウィルフレッドは静かな口調で続ける。

「君も知っているだろうが、『無形の魔女』は意中の男を部屋に閉じ込めて精気が尽きるまで人形のように愛《め》でる、顔と名前を失った魔女の呼称だ」

――それは、建国直後のトレーネスタンがまだ動乱の渦中にあった頃。王国には「聖女」と謳《うた》われる一人の魔女がいた。

戦《いくさ》で怪我を負った者を癒やし、食糧難に喘《あえ》ぐ民がいれば土壌の改良に励む魔女は、いつまでも二十歳前後の容姿のまま変化しなかった。きっと多くの魔力を有するからだろうと誰もが思い込んでいたが、情勢が落ち着き始めるにつれ、王国内では魔女に関して二つの噂が囁かれるようになった。

一つは、魔女と面識のある美麗な容姿の男が、彼女と出会ってから半年程度で次々に謎の失踪を遂げていること。そしてもう一つは、魔女の外見が次々と変化していることだ。

後者については加齢による老化とは異なり、目の色や髪質、鼻や唇の形といった、容姿を形作る部位が見るたびに変わっている……というものだった。劇的な変貌とは言いがたく、指摘するのが躊躇われる程度のごくわずかな変化を繰り返しているという。

あるとき、失踪事件について調べていた者が、魔女の容姿にとある共通点を見出した。狩人が失踪した際はその妻に、羊飼いが失踪した際はその恋人に、詩人が失踪した際はその想い人に、魔女の姿はよく似ていたのだ。彼らが魔女と会った際、彼女が『素敵な人ね』とうっとりしていたことも。

王命により暴かれた魔女の家は、失踪した男たちの衣服と白骨化した遺体が山積みになっていた。恋多き魔女は、惚《ほ》れた男が好む相手に容姿を似せては魔術で彼らをおびき寄せた。もう二度とその目に自分以外の相手を映さないようにと、命が尽きるまで自宅に幽閉し、その精気を奪っていた。

王国に尽くす「聖女」の若さは、彼女が恋をした相手の精気によって保たれていたのだ。

すぐに騎士団に魔女の討伐が命じられたが、戦いは熾烈《しれつ》を極めた。ようやく追いつめたと思っても、魔女は魔術を駆使して騎士たちを欺《あざむ》き再び逃走する。そのたびに男女問わず多くの民を襲い、精気を奪って傷と魔力の回復に充《あ》てた。トレーネスタンには骨と皮だけの遺体が溢れ返る事態となった。

甚大な被害を受けながらも、当時の国王はなんとか無形の魔女を封印した。多くの命を喰《く》らった魔女の魔力はすさまじく、完全にその魂を消し去る「討伐」は叶わなかった。

(恋と嫉妬に狂い、姿形をなくした魔女……)

騎士たちが魔女の家に踏み込んだ際、彼女は木彫りの仮面を被り髪を藁《わら》で覆っていたという。数多くの女に姿を変えていた魔女はとうとう本来の顔と名前を忘れ、人間の姿を保てなくなったのだ。

「確かに、魔女が封印される原因となった事件に似てる気がする」

時計の針を見つめたまま、ルカはぽつりと漏らした。その言葉にウィルフレッドも頷く。

「ああ。まだ実体を現すほどの力は取り戻していないが、欲望が先走り、目をつけた男を時計塔の近くへ呼び寄せているのだろう」

「呼び寄せても実体がないから精気を奪いようがなくて、諦めてすぐに解放してるってこと？」

「あるいは、まだ数日手元に置いておくだけの魔力しか得られていないか。俺たちはこの時計の針が零時を指したとき、魔女が復活するのではないかと推測しているんだ」

「一日で一分針が進むことを考えると、残りの日数は一一一日か」

だから王城で暮らすことへの困惑を示すルカに、エリスは「四ヵ月ほど我慢してくれないか」と言ったのだ。復活した魔女を今度こそ討伐できれば、ルカの身に危険が及ぶ可能性もなくなる。

ウィルフレッドの推測に基づいて考えると、魔女が復活するのは十二月十日。ルカの誕生日だ。

「でもそれってあくまで推測でしょ？　明日にでも急に復活しちゃう可能性だって……」

饒舌に語るルカは、すぐ横でウィルフレッドが肩を震わせていることに気づいた。大きな手で口許を覆い、笑いを嚙《か》み殺すウィルフレッドをぽかんとして見つめたのち、ルカは己の失態に青ざめる。考えを巡らせるあまり、王族のウィルフレッドに対し随分と敬意を欠いた口調で話しかけていたのだ。

「も……っ、申し訳ございません！　王弟殿下にとんだ失礼を……っ」

「いや、いい。むしろ嬉しかった。初めて会ったときのように親しく話せたらどんなにいいかと思っていたんだ。王城にやってきてからのルカはずっと俺に対して距離を取っていたから」

彼の怒りを買わないように神経を尖《とが》らせていたのに、ウィルフレッドはむしろすっきりした様子で朗らかに笑んだ。それからルカの顔をまじまじと見つめ、ずいっと一歩踏み込んでくる。

「ルカの危惧するとおりだ。魔女の復活する日はあくまで推測でしかない。だからこそ俺たちはルカの予言に期待している」

ルカは唐突に縮まった距離に驚いて仰《の》け反《ぞ》るが、ウィルフレッドはお構いなしに続けた。

「気が張りつめた状態で過ごしていては、見える未来も曇ってしまうだろう。そこでだ、ルカ。俺に対しては先ほどのような、砕けた口調で話してみるのはどうだ？」

「え……？　え、ええっ？」

「敬称も気にしなくていい。歳だって近いんだ、ウィルフレッドと呼んでくれないか」

「ウ……ウィルフレッド、様？」

「ウィルフレッド」

「ウィルフレッド……」

「よし、それでいこう」

妙に迫力のある笑顔に気圧《けお》され、促されるままに応えたルカに、ウィルフレッドは満足げに頷いた。口を半開きにしてその様子を眺めていたルカは、一拍ののち「いや、『よし』じゃないでしょ！」と言い返していた。しまった、また敬語が吹き飛んでいる。

「できませんよ、砕けた口調で話すなんて！　ウィル……っ、王弟殿下の立場を考えてください！」

「ウィルフレッドでいいと言っているだろう。そもそも無形の魔女の件については、こちらがルカに協力を乞う立場なんだ。むしろ俺たちがルカに対して敬意を払った言動を取るべきだと思わないか？　俺も堅苦しい口調は得意ではないが、そうであればルカにはできる限りの敬語を使うように……」

「恐ろしいことを言わないでください！　僕みたいな庶民に王族が敬語を使っていたら、あいつは何者なんだと騒ぎになりますよ！」

「だったら互いに気を遣わず、対等な関係ということでいいじゃないか。竜の初恋を捜しに行った日、君が気さくに話しかけてくれてとても嬉しかったんだ。そんな風に気負わずに接してくれる人が王城にいたら、俺としても心が和む」

「………………」

「な？　ルカ。頼むよ」

大きな図体にもかかわらず、小首を傾げて懇願するウィルフレッドは無邪気な少年のようだ。「不敬罪」という物騒な単語が頭の中に浮かぶが、同時に、ルカとの距離を縮めようというウィルフレッドの厚意を無下にするほうが失礼なのでは……という気持ちも湧き上がる。

両方を天秤《てんびん》にかけた末、ルカは前髪をぐしゃりと掻いて溜め息を吐《つ》いた。顔を顰《しか》め、じとっとした目をウィルフレッドに向ける。

「言っとくけど、僕は口が良くないんだ。田舎育ちだから上流階級に対する礼儀作法なんてものも分からない。あとになって『王弟に対し無礼な態度を取った』なんて怒り出すのはなしだからね？」

「……！　もちろんだとも！」

敬意の欠片《かけら》もないルカの台詞に、ウィルフレッドは嬉しそうに琥珀色の目を輝かせた。随分変わった王族もいるもんだな、と思う。けれど悪い気分ではなかった。ルカの課題は運命の命日を回避することなので、ウィルフレッドとの関係を良好に保てるのならそれに越したことはない。

普段どおりの調子で話していいのだと思ったら、随分と緊張が解《ほぐ》れた。ふっと表情を綻ばせるルカに、ウィルフレッドが嬉々として口を開く。

「せっかく外に出たんだ、城下町にも行ってみないか？　ルカさえ良ければ案内しよう」

「僕よりもウィルフレッドのほうが忙しいと思うんだけど、いいの？」

「今日くらい君と距離を縮めることに注力しても許されるだろう。家臣に小言を言われた際は、誠意を持って謝るさ」

目下の者に対して平然と「謝る」などと言ってのけるウィルフレッドに、ルカは思わず噴き出してしまった。「ほんと、変わった王弟殿下だな」とルカが口許をゆるめると、それまで屈託のない笑みを浮かべていたウィルフレッドが唐突にどぎまぎした様子を見せる。

「あー……その、なんだ。城下町に行ってみれば、ルカが俺に対して砕けた口調で接することくらい、大した問題じゃないと分かるさ」

ウィルフレッドはさっと身を翻してルカと距離を取ると、軽い咳払いをして「行こう」と促した。

突然変わった態度とその発言に、ルカはなにがなんだか分からないままウィルフレッドを追いかけた。

王城の正面を進んだところに広がる城下町は、色とりどりの屋根が載るレンガ造りの建物が密集していた。特に宿屋や酒場、食堂といった大きな店が連なる中央通りは多くの人が行き来している。

その先にある広場には数えきれないほどの屋台が並び、食欲を誘う香りを漂わせるパンに、色鮮やかな飴《あめ》細工、愛らしい装飾品といったありとあらゆるものが販売されていた。老若男女様々な人が買い物を楽しむ中、花が植えられた樽《たる》の横では吟遊詩人が弦鳴《げんめい》楽器を奏でながら恋の歌を歌う。

一七五年という長い年月を生きてきたルカだが、これほどの賑わいを見せる街を訪れたのは初めてだった。しかし、なによりもルカを驚かせたのは……。

「おお、ウィルフレッド様じゃねえか！　良い酒を手に入れたんだ、持っていかねえか？」

「それは楽しみだ。酒に関してはジョセフより優れた味利きはいない。あとで立ち寄らせてもらおう」

「殿下～！　この間話してた曲、とうとう演奏できるようになったのよ！」

「キャシーは一生懸命練習していたからな。街を巡ったあとに戻ってくるからぜひ聴かせてくれ」

「あっ、王弟殿下だ！」

ウィルフレッドが通るたびに様々な人が声をかけてくる。それもそのはずだ。ウィルフレッドは護衛も連れていなければ、変装して身分を隠すこともせずに平然と街中を歩いているのだから。

「……いつもこんな感じで街を散策してんの？　もう少し自分の身分を考えて行動しろってモーリス

さんに怒られない？」

「お？　なぜ分かったんだ？」

心の底から不思議そうに目を瞬かせるウィルフレッドに、ルカは目眩を覚えてうなだれた。腰には長剣を差しているが、それにしたって無防備が過ぎる。紛うことなき王族だというのに、人混みにいて奇襲でもされたら一体どうするつもりなのか。

（モーリスさんの苦労が目に浮かぶな……）

呆れ顔のルカに怯《ひる》むことなく、ウィルフレッドは「まずは神殿を目指そうか」と笑みを見せた。いつも以上に視線を浴びるのを感じながら、ルカは自由奔放な王弟について行く形で王都巡りを始めた。

清廉な雰囲気の神殿で神官に挨拶《あいさつ》をし、気軽に通える金額の大衆食堂で軽食を取り、道を駆けて行く子供たちに声をかけて少しばかり遊びに加わった。宮廷貴族御用達《ごようたし》の高級服飾店や宝飾店も別の区域にあるようだが、ウィルフレッドが案内したのは主に庶民の生活に関わる場所だった。

ルカの生活水準に合わせたのだろうか、と思ったが、それもまた違う気がした。ウィルフレッドは声をかけてくる一人一人の顔と名前を把握していた。明らかに庶民の生活区域に通い慣れている。

もっと遊ぼうと駄々をこねる子供たちを宥《なだ》めて別れを告げたウィルフレッドは、「連れて行きたい店があるんだ」と言った。彼の提案で賑やかな通りから外れた小路《こみち》を進む。その先に建っていたのは、丸みを帯びた三角屋根が特徴の小さな店だった。

木製の重たい扉を押し開けると、取りつけられたカウベルがカランカランと音を立てる。来客を知らせるその音に、店の奥から十歳ほどの少年が顔を覗かせた。

「うおっ、いらっしゃい！　じいちゃーん、ウィルフレッド様が来たよー！」

店の奥に向かって声を張り上げた少年は、気持ちが急《せ》いて待っていられないとばかりに、慌ただしい足取りで祖父を迎えに行った。

室内には長剣や短剣、槍に弓矢といった様々な得物が壁に飾られていて、武器を売る店だということがうかがえる。欲しい品物でもあるのだろうか、と思って長剣が置かれた一角を眺めていると、やがて床を踏みしめる音が近づいてきた。

孫とともに店内に姿を現したのは、恰幅《かっぷく》の良い六十絡みの男だった。革の手袋と前掛けを身に着けた厳めしい雰囲気の彼は、口許に髭を蓄え、鼻の上に横一文字の傷跡があった。鍛冶職人だろうか、と身なりからルカは察する。

（あれ、鍛冶職人ってことは……）

「その後、腰の調子はどうだい？　ダリル」

ウィルフレッドと初めて出会った日のことを思い出しながらその男を見つめていると、ウィルフレッドが気さくな調子で彼に声をかけた。ダリルと呼ばれた男も皺《しわ》が寄った顔をわずかに綻ばせる。

「ああ、随分良くなった。これでまたいつでも殿下の剣を打ってやれる」

やはりウィルフレッドが竜の初恋を捜していたのは、このダリルという職人のためだったらしい。

なるほどね、と納得するルカをちらりと見てから、ウィルフレッドが一歩前に踏み出した。向かい合うルカとダリルの間に立ち、手でそれぞれを示しながら紹介する。

「こちらが、俺が世話になっている鍛冶職人のダリルと、孫のニール。そして彼が、しばらく王都に滞在することになった薬師のルカだ。ダリルに渡した腰痛に効く薬は、ルカが見つけてくれた薬草をもとに作ったんだ」

「へっ？　あ……、どうも初めまして」

どうやら買い物のためではなく、ダリルにルカを引き合わせるつもりで連れてきたらしい。ウィルフレッドの言葉に、ダリルが驚いた様子で眉を上げた。いかにも職人気質《かたぎ》な、気難しそうな雰囲気のダリルにどんな態度で接すればいいのか分からずにいると、唐突に彼が距離を詰めてきた。

ダリルは手袋を取ると、両手でしっかりとルカの手を握り込む。

「ありがとう」

戸惑うルカの手に額を寄せ、祈りでも捧げるかのような格好で、ダリルはしぼり出すように言った。

「老いには勝てないと自分に言い聞かせてきたが、本当は諦めきれなかった。まだ打ちたい剣がたくさんあった」

ダリルは床に顔を向けているため、その表情は読み取れない。けれど掠れた声や、震える手から十分に、彼の中に渦巻く激情を察することができた。

ちらりと横目でウィルフレッドを見ると、彼もまた虚を衝かれた様子だった。普段はこんな風に感情を露わにする人ではないのだろう。

白竜のきらめきが咲く場所をウィルフレッドに教えたのは、ただの気まぐれだった。自由奔放で、けれどお人好しな傭兵になんとなく手を貸してやりたくなった。ウィルフレッドの正体を知っていたら絶対に声をかけなかっただろう。

ただ偶然が重なっただけの行動に、こんなにも感謝されるなんて想像もしていなかった。

「恩に着る。ありがとう……、ありがとう……」

繰り返される言葉がじんと胸に響いて、ルカも小さな声で「はい」と答えた。隣でウィルフレッドも嬉しそうに目を細めている。頭の後ろで手を組んだニールが、「良かったなあ、じいちゃん」と明るい声で言って、感傷的になっていた空気をほどよくゆるめた。

世間話を少しして退店するウィルフレッドとルカを、ダリルとニールが外まで見送ってくれた。ルカたちに手を振ろうとしたニールが、なにかを思い出した様子で「そういえば」と口を開く。

「この間じいちゃんの付き添いで鉱山に行ったとき、なんか変な声を聞いたんだよね」

「変な声？」

「うん。耳許で話しかけられるようにも、遠くから聞こえてくるようにも感じられるような……。若い人のようにも年を取った人にも思える、多分女の人の声」

「子供の戯《ざ》れ言《ごと》だ、気にせんでいい」

ダリルには聞こえなかったのだろう。ぞんざいな調子であしらう祖父に、ニールが「もー、本当だってば！」とムキになって言い返した。

けれどウィルフレッドは同じようにあしらうことはせず、まっすぐにニールを見つめて頷く。

「分かった。近日中に騎士団を率いて調査を行おう。原因が分かったらすぐに報告する」

力強い返答にルカが目を丸くする中、ニールは「約束だぞ！」と白い歯を覗かせて笑んだ。やれやれ、といった様子でダリルは息を吐くが、その表情はどこか嬉しそうだ。

「あ、じいちゃん。ウィルフレッド様が来たなら、あれ持って行ってもらったら？　お城に勤めてる料理人から預かった包丁」

「そうか。腰の痛みが引いたおかげで早めに仕上がったからな。頼まれてくれるか？　殿下」

ウィルフレッドが「もちろんだとも」と答えると、ダリルとニールはすぐさま店の中に引き返した。

三人のやりとりを聞いていたルカは、隣に立つ男に呆れ顔を向ける。

「庶民が王弟殿下に預けものをするのなんかこの国くらいだと思うね」

「ははは、いいじゃないか。城に帰った際に出迎えてくれた者に渡すだけのことだし、料理人だって愛用する包丁との再会が早まれば嬉しいはずだ」

彼の発言はもっともだが、身分差を考えれば普通は「ついでに持って行ってもらおう」なんて発想は浮かばないはずだ。それに……と、ルカはニールたちがまだ戻らないことを確認してから口を開く。

「ニールが森の中で聞いた声だって、子供が言うことだよ？　ダリルさんの言うとおり、本気にしなくてもいいんじゃないの？」

ニールくらいの年齢の子供は、半分空想の世界で生きているようなものだ。葉擦れの音や獣の鳴き声を、なにか不気味なもののように勘違いすることはままある。

それでもウィルフレッドはきゅっと口角を上げ、ゆったりとした動作で首を横に振った。

「エリスの足となって民の声に耳を傾け、腕となって彼らを守るのが俺の役目だ。声を聞く相手を選ぶような足であれば、聡明な兄は己の体を蔑《ないがし》ろにしてでも自ら民のもとへ向かうだろう。小さな声を気に留めない王は、いずれ大きな声も聞こえなくなる……というのが父の教えだったからな」

だからどんな相手の言葉にもきちんと耳を傾けるようにしているのだと、ウィルフレッドは語った。いまだ納得できないルカに、彼は白い歯を覗かせて悪戯《いたずら》っぽい笑みを見せる。

「『俺に対して砕けた口調で話しかけても問題ない』と伝えた理由が分かっただろう？」

「ああ、うん。みんな気さくにウィルフレッドに声をかけてきてた」

「そうだ。この王国の者たちは皆気さくで親切だ。父はそんなトレーネスタンの民を愛していた。俺やエリスも同じだ」

賑やかな声がする方向へ顔を向け、ウィルフレッドは静かに目を細めた。それから、決意を新たにするかのように太股《ふともも》の横で拳を握る。

「だからこそ俺は、この王国の人々に不安を抱かせたくないと思っている。彼らにとって、『無形の魔女』はいつまでも民話の中だけの存在であってほしい。復活していたことなんてちっとも気づかないくらい、どんな些細《ささい》な被害も出さずに片をつけたいと考えているんだ」

ウィルフレッドの口調は穏やかだが、その裏側には燃え盛る炎のような熱が込められていた。決して無形の魔女に民を傷つけさせないという確固たる意思が感じられ、その横顔から目が離せなくなる。

自由奔放でお人好しな、庶民にも分け隔てなく接する風変わりな王弟。けれどウィルフレッドは間違いなく、王国の平和を願う高貴な王族なのだ。

（……本当、変な王弟）

ウィルフレッドの不興を買ってはならないと、二時間ほど前まであれほど気を張っていたのが嘘のように体から力が抜けていく。街を歩いていて確信したが、ウィルフレッドはかなりの人たらしだ。身分差を感じさせない気さくな言動で民の心をつかみ、その言葉に真摯に耳を傾ける誠実さがある。

傭兵に扮《ふん》していたときの部下や侍従長のモーリスが、ウィルフレッド本人に臆せず不満をぶつけられるのは、ウィルフレッドへ絶対的な信頼を置いているからに違いない。率直に意見したところで、ウィルフレッドが自分を不当に扱うことはしないと、彼らは分かっているのだ。

（まあ、この人が僕を死なせる原因になるのは変わりないんだけど）

さっさと関係を断ちたい気持ちはいまだにある。なんとか隙を見て逃げ出せないかとも思っている。それでも王城にいる間は、もう少し肩の力を抜いてウィルフレッドに接してもいい気がした。

二人の間に漂う空気がなんとなく和らいだのを感じていると、大通りがある方向から「キャーッ！」という悲鳴があがった。続いて「盗《ぬす》っ人《と》よ！　誰か止めて！」という声が聞こえてくる。

バタバタと慌ただしい足音が近づいてきたと思ったら、曲がり角から人相の悪い男が飛び出してきた。女性ものの鞄《かばん》を手につかんでいて、今し方起こった騒動の犯人であることは一目瞭然だ。

「退《ど》かねえと怪我するぞ！」

荒々しい口調で怒鳴り、男はルカたちのいるほうへと突進してきた。

（ああもうっ、だから護衛もつけずに街を歩くなって言われるんだよ！）

王族であるウィルフレッドが凶行に巻き込まれるのは非常にまずい。けれど慌てふためくルカの横で、ウィルフレッドは眉一つ動かさなかった。自分のもとへ突っ込んでこようとしている男を涼しい顔で見やり、ルカの背中を大きな手で押して自分の後ろに隠した。

そこからのウィルフレッドの動きは流れるようだった。ひらりと身をかわしたかと思うと、男の肩をつかむと同時に足払いを仕掛ける。体勢が崩れた男が正面から地面に倒れ込むと、間を置かず両腕をつかんで背中に回させ、脚に膝を乗せて拘束した。

「犯人はどこに……って、ウ、ウィルフレッド殿下!?」

騒ぎを聞きつけてやってきたらしい数人の兵士と、彼らを案内した王都の住民が、男を捕獲するウィルフレッドを見て目を丸くした。駆け寄ってきた兵士に男を引き渡したところで、ダリルとニールが店の扉を開けた。

店の前で起きた騒動は彼らの耳にも届いていたはずだが、ダリルたちに戸惑いは感じられない。ダリルは膝の土埃《つちぼこり》を払うウィルフレッドをしげしげと見つめ、困った奴だとばかりに頭を掻いた。

「まったく。兵士の仕事を奪うなといつも言っているだろう」

「逃げられるよりいいだろう？　こちらへ走ってきたのでちょうど良かった」

二人のやりとりにルカはあんぐりと口を開けた。王都内の騒動をウィルフレッドが自ら鎮圧するのは日常茶飯事らしい。唖然としたルカの様子に、ニールがおかしそうに肩を揺らす。

「知らなかった？　ウィルフレッド様がとんでもなく強いの」

「け、剣術の腕が立つとは聞いたことが……。でも、『王族にしては』という程度かと思ってた」

「その程度の腕しかないのに一人で街をうろうろされたら、むしろこっちが不安になっちゃうよ。ウィルフレッド様の剣術の腕は、騎士団で一、二を争う精鋭とも互角に渡り合うくらいなんだ。あのくらいの悪党なら剣を抜くまでもなく簡単に懲《こ》らしめちゃうね」

まるで自分が褒められたかのようにニールは胸を張った。ウィルフレッドは「そうでもないさ」と涼しい顔で謙遜《けんそん》する。その袖口に、騒動によって付着した汚れが残っていることに気づいた。

「ここも汚れてる。騒ぎに首を突っ込んだことがばれたら、またモーリスさんに叱られるよ」

ルカはウィルフレッドの正面に立ち、体を前方に倒してぽんぽんと土埃を払った。その際に、ウィルフレッドの手の甲をわずかに指が掠めた。

一秒にも満たない微かな触れ合い。それなのに、ウィルフレッドはまるで熱いものにでも触れたかのように勢いよく手を引っ込めた。驚いたルカが顔を上げると、ウィルフレッドの目許がじわりと赤く染まる。

「そ、そうか。全然気がつかなかった」

落ち着きなく視線を泳がせるウィルフレッドは、窃盗犯と対峙《たいじ》したときよりも余程動揺していた。

肌にはうっすらと汗が滲んでいる。ルカがただただ呆気に取られる中、ニールはニヤニヤと口許をゆるめてウィルフレッドの二の腕をつついた。

「おぉーっと？　随分らしくない反応をしているじゃありませんかぁ～？　『運命の人』とやらを探すために、舞踏会やら晩餐会《ばんさん》やらに参加しまくっている百戦錬磨のウィルフレッド王弟殿下なのに？」

からかい口調のニールに、ウィルフレッドは時が止まったかのように硬直した。けれどそれは一瞬のことで、すぐさま激しく首を横に振る。

「ち、違う！　いや、確かに舞踏会や晩餐会に参加したことは……わ、わりと頻繁にあるが……。だがそこで出会ったご令嬢と一度だって恋仲になった経験はない！　ダンスだって、政治的な付き合いのある家門のご令嬢に義務的に申し込んだだけだ。一ヵ月前からはそもそも出会いの場への参加はすべて断っている！」

勢い込んで否定するウィルフレッドは、ちらりとルカに横目を向けた。様子をうかがわれているのだと察し、ルカはぽかんとする。

「いや、知ってたけどね……。花嫁探しに積極的な様子の王弟が、なぜかすべての縁談を断り続けているって噂は、どの町に住んでいても耳に入ってきたし」

「……!?　そうなのか!?」

ルカの言葉に、赤かったウィルフレッドの顔色が急速に青くなっていく。ニールは堪えきれず、腹を抱えて大笑いした。何度も出会いの場に赴《おもむ》いていたことをルカに知られていたのが衝撃だったのか、ウィルフレッドは露骨に肩を落としてうなだれる。

叱責された犬のような姿に、ルカも腹の底からじわじわとおかしさが込み上げてきて、「ふふっ」と笑い声を漏らした。

(ウィルフレッドに会うまでは、もっと色欲に溺れた酔狂な王弟を想像してたのにな)

様々な女性に粉をかけ、一夜限りの逢瀬《おうせ》を楽しむ遊び人。そんな事実を王家が揉《も》み消し、「頻繁に社交界に顔を出すわりに縁談を一切受けようとしない変わり者」という噂にすり替えているのではないかと勘繰っていた。けれど軽く手が触れただけで焦る姿を見れば、儀礼的なダンス以外では、本当に指一本女性に触れたことがないのだろうと想像できる。

もしかしたら女性相手だと極端に緊張してしまう気質なのかもしれない。ルカは中性的な容姿を持つため、彼女たちと同じく微かな触れ合いにも照れているのではないか。

自分を死に至らしめる恐ろしい男。そんな心象が、実際のウィルフレッドを知るたびにどんどん塗り替えられていく。

一方的に避けていた男に好感を抱き始めていることを自覚し、ルカは眉を下げ困ったように笑った。

「あーあ。ほんっと、変な王弟だなあ」

溜め息交じりにこぼしたルカに、ウィルフレッドが「なにがだ!?」とまた焦りを見せた。その反応に、今度はダリルも一緒になって笑い声を漏らしたのだった。

薄紅と純白の薔薇が咲き誇る広大な庭園には、繊細な装飾を施した噴水や石造りの長椅子《いす》が設置されている。そのそばで、ルカは快晴の下ほうきを手に掃き掃除に勤《いそ》しんでいた。

庭師が、生垣を剪定《せんてい》した際に出る葉を集めているのを一度目にしてから、彼の手伝いをさせてもらえないかとモーリスに頼んでいたのだ。

「神秘的なお力を持ちながらも、決して他者への気遣いをお忘れにならないとは！　我が王国の予言者様はなんと素晴らしいお方なのでしょう」

と、モーリスは顔の前で手を組み目を輝かせていたが、ルカの狙いは王城から脱走するための経路を見つけることだった。庭園は「花を見にきた」という自然な理由で外に出られるうえ、身を隠せる場所も多い。敷地を囲う城壁は高いが、その分正面玄関に比べれば警備も手薄なはずだ。

王城に住み始めて二週間とちょっと。今のところ予言者としての自分ができるのは、部屋でこっそり予言の書を開き、無形の魔女に関わっていそうな事件がないかを確認することくらいだ。

ルカの外出時に必ず護衛をつけると言われたが、「ふらっと街に遊びにいきたい」なんて理由で騎士の手を煩《わずら》わせるのはさすがに憚《はばか》られた。となると部屋でじっとしている他ないのだが、はっきり言って暇で仕方がないため、最近は時折侍女たちに混じって王城の掃除も手伝っている。

もちろんそれも王城から脱出し、ウィルフレッドとの関係を断つためなのだが、侍女たちもまた大袈裟なほどルカを褒めるので居たたまれなかった。

(僕がやってることは全部、自分の身を守るための行動だからなあ……)

国民を守るために尽力するウィルフレッドとは正反対だ。いや、そもそも自分の命日を悟っているという悲惨な境遇なのだから、他人より己を優先してしまうのも仕方ないはずだ……と頭の中で言い訳を並べ、ルカはふっと表情を消した。

(別にいいんだけどさ。今世でまた二十五歳の誕生日を迎えられなくても、来世でまた頑張《がんば》れば良い話なんだから。……僕が死んでも誰が悲しむでもないし)

運命を悲観していじけているのではなく、そういう風に仕向けて生きてきただけのことだ。それなのにどうしてか時折心が翳《かげ》る。鮮やかな青空に、前触れなく雨雲が広がるかのように。

無表情のままほうきを握り直したルカの後ろで、「精が出るな」と伸びやかな声があがった。振り返った先にいたのはウィルフレッドで、腕にはパンパンに膨らんだ革製の大きな袋を抱えている。

丁寧に頭を下げる庭師に軽く手を上げて応えてから、ウィルフレッドはルカのもとにやってきた。

「ルカ、君が求めていたものを用意したぞ」

どうやら街で買い物をしてきたらしい。ウィルフレッドは袋の口を広げると、鉤縄《かぎなわ》に革手袋、携帯食料といった品を嬉々として取り出した。それを見ていた庭師が不思議そうな顔をする。

彼が奇妙に思うのも無理はなかった。ウィルフレッドが購入してきたものはすべて、ルカが城壁を越え王城から脱出するための道具なのだから。

「あ……っ、ありがとうウィルフレッド！　たとえこの先僕がどんな危機に陥ったとしても、この荷物があればきっと切り抜けられるよ！」

ルカはちらちらと庭師を横目で見つつ、「あくまで無形の魔女の復活に備えるためだ」という主張を言外に滲ませた。我ながら説明くさい台詞だが、ウィルフレッドは心得顔で頷く。

「もちろんこの城で暮らす限りルカを危険な目に遭わせはしないが、用心深いのは良いことだ。我らが予言者は聡明だな！」

相変わらずちっとも他人を疑おうとしないウィルフレッドに、自分で買い物を頼んでおいてなんだが呆れてしまう。王弟殿下が了承しているのなら問題ないのだろう、と庭師も納得した様子を見せたので、その点はほっとしたのだけれど。

城下町を案内された日以降、ウィルフレッドはちょくちょくルカのもとを訪ねてくるようになった。どうやらモーリスの助言があったらしく、

『いくらルカを守るためとはいえ、城に閉じ込めてばかりでは可哀相《かわいそう》だと言われたんだ。すまない、俺は他の人の気持ちを推《お》し量るのが得意じゃなくて、そこまで気が回らなかった』

とウィルフレッドは頭を掻いた。『君が求めるものはなんでも用意する』とも言われたため、王都で流行りの食べ物や飲み物に加えて、逃走に役立ちそうなものを口にした結果がこれである。

（ま、確かに相手の言葉の裏を逐一探るような人なら、鉤縄やら携帯食料やらをなんの疑問も抱かずに買ってきたりはしないよね）

袋を受け取りながらルカは密かに苦笑した。気さくで情に厚い性格が、ウィルフレッドが国民から慕われる所以《ゆえん》だと思っているが、王弟という立場を考えるとその人の好さはいささか不安だった。

悪い奴に騙されたりしないのだろうか……と悶々とする中、ウィルフレッドは庭師にちらりと目をやって「あちらで話そう」と声を潜めた。庭師と十分距離を取ってからウィルフレッドが口を開く。

「この城に来てから、なにか新しい未来を見ることはあったか？」

ルカが首を横に振ると、ウィルフレッドは固い表情で「そうか……」とつぶやいた。戸惑いの視線を向けるルカに、ウィルフレッドは小さく口角を上げてみせる。

「なに、大したことじゃない。アルヴァアの森は知っているか？　希少な鉱石が採《と》れる洞窟があるんだが、その森で暮らしている動物の様子が最近どうにもおかしいらしい」

ウィルフレッドいわく、普段は単独で行動するフクロウが群れで移動したり、臆病なはずのウサギが血気盛んに人間に向かってきたりするそうだ。

その調査のために明後日から一週間ほど城を離れることになった、と告げるウィルフレッドに、ルカは「なるほど」と一度頷きかけてからはたと動きを止めた。

「えっ、ウィルフレッド自ら出向くってこと？　部下に指示して様子を見に行かせるんじゃなく？」

「ああ。公務との兼ね合いもあるが、都合がつく場合は極力自分で調査を行うことにしている。ほら、初めて会ったときに言っただろう？　なんでも己の目で確かめないと気が済まない性分なんだ」

重大な事件があったわけではないから心配しなくていいと、そう言いたいのだろう。ウィルフレッドは冗談めかした口調で語るが、ルカの胸には奇妙なざわめきが生まれていた。

ニールが聞いた不可思議な声については、王城に戻ってすぐにウィルフレッドがエリスに報告していた。ウィルフレッド本人は別件の仕事が入っていたため、数日後に行われた調査には数名の部下が出向いたのだが、現地を半日かけて歩き回っても結局怪しい声は聞こえなかったらしい。

今回の件だってきっと大して気を揉むことじゃない。そう思うのに、ウィルフレッドが騎士たちとアルヴァアの森に向かうことに名状しがたい焦りを覚えた。

表情を曇らせるルカに、今度はウィルフレッドが戸惑った様子を見せる。

「城の警備には少しの手抜かりもないようにするから、心配する必要はない。騎士団の中でも特別優秀な者たちにルカの護衛を頼もう。俺がいない間も、気にかかることがあればモーリスに声をかけてくれたらいい。俺には小言が多いが、細かい点にもよく気が回る頼れる男だから」

ウィルフレッドは一生懸命明るい笑みを作り、ルカを励ましてくれた。これ以上ウィルフレッドに気を遣わせるのも申し訳なくて、ルカもぎこちなく口角を上げて頷く。

王城へと戻って行くウィルフレッドの背中を見送りながら、しかしルカの心はいまだ晴れずにいた。

(僕が危険に晒される予感っていうより、むしろ……)

アルヴァアの森、騎士たちによる調査団、動物たちの異常行動。それらの単語を頭の中でぐるぐる巡らせ、ルカははっとした。庭師に断りを入れ、大慌てでウィルフレッドを追いかける。

(明後日から一週間くらい城を離れるってことは、もしかしてウィルフレッドは九月五日もアルヴァォ

ア の森にいるんじゃないか？）

二回目の人生以降、ルカは就寝前に予言の書を開くのが日課になっていた。昨夜もいつもどおり前世の記録を確認していたのに、どうしてすぐに思い出せなかったのか。

九月五日。アルヴァアの森では、数名の騎士が錯乱した狼の群れに襲われ大怪我を負うのだ。

予言の書に王弟が負傷した旨は記載されていなかった。しかし最初に会ったときも、ウィルフレッドは身分を隠して行動していた。あくまで一介の騎士として振る舞っていたために、その人物の正体が王弟であることに誰も気づかなかったのではないか。

仮に本人は無事だったとしても、目の前で部下が血を流せばウィルフレッドは責任を感じるはずだ。王弟という立場上、現場の指揮を執るのはウィルフレッドの可能性が高いのだから。

（さっさとウィルフレッドから離れたい気持ちはあるけど、でも、彼を苦しめたいわけじゃない）

アルヴァアの森の調査を中止させるべきか、知っている情報を伝えて最大限の警戒をしたうえで臨ませるべきか。とにかくウィルフレッドにこの事実を伝えなくてはと、ルカは広大な庭園を駆けた。

庭園に面した広間に戻ったルカは、目当ての人物が広間の中央で立ち止まっていることに気づいた。ルカの慌ただしい足音が聞こえたらしく、ウィルフレッドがきょとんとして振り返る。その前には傭兵の装備をまとった中年の男が立っていた。

男の顔をまじまじと見て、ルカは唇を薄く開けたまま沈黙した。それから瞠目《どうもく》する。

「どうした？　ルカ」

慌ただしくやってきたルカに、ウィルフレッドが不思議そうな顔をした。ルカは思いがけない人物との遭遇に「あ、いや」と視線を泳がせる。

「お……、お客さんと話してたんだね」

「ああ。スティーヴンは父の旧《ふる》い友人なんだ。手練《てだ》れの剣士で、俺も幼い頃に剣を教えてもらった」

城下町を歩いていた際にたまたまスティーヴンと再会し、王城に招いたのだ、とウィルフレッドは言った。ルカが予言者だという件は伏せ、「都合により滞在してもらっている薬師なんだ」とスティーヴンに説明する。

肩につく長さの髪を首の後ろで束ねたスティーヴンは、穏やかな笑みとともに「どうも」と会釈した。それからルカとウィルフレッドの顔を交互に見て楽しそうに笑顔を見せる。

「なんだ、随分な美人を囲ってるじゃねえか。国王陛下は即位前に婚姻していたが、殿下はまだ独り身だもんな。運命の人とやらに出会うまで結婚はしないと言ってたくせに、しばらく会わないうちになかなか大胆な王弟に育ったもんだ」

「そ……っ、そういう意図で城に連れてきたわけじゃないぞ⁉」

スティーヴンにからかわれ、ウィルフレッドは慌てた様子で首を大きく横に振った。自由奔放なわりに、色恋となるとウィルフレッドが途端に物慣れない反応になることはスティーヴンも理解しているらしい。彼の分かりやすい動揺がおかしくて仕方ないとばかりに肩を震わせる。

（運命の人……そういえば、ニールも同じことを言ってたな）

前世で読んだ新聞には書かれていなかった情報だが、どうやらウィルフレッドと親しい人々にとっては有名な話らしい。ウィルフレッドはわずかに頬を染めつつ、咳払いをして場を仕切り直す。

「アルヴォアの洞窟で鉱石を採掘する予定を立てていたらしくてな。ちょうどいい機会だからと、スティーヴンにも調査の同行を頼んだんだ」

ごく自然な流れで説明され、ルカはどんな反応を返せばいいのか分からなかった。

四回目の人生で一度スティーヴンと会っているのだが、正直に言って良い思い出は残っていない。しかしそれはあくまでルカの前世の話だ。少なくとも今目の前にいるウィルフレッドは昔馴染《なじ》みのスティーヴンを慕っているように見える。

ウィルフレッドを襲う可能性がある狼の群れ、前世で関係があるスティーヴンとの再会。不穏な要素が二つも重なってしまい、ルカは自分の立ち回り方に頭を悩ませた。

（狼の件だけ説明して、あとは黙って二人を見送ればいいんだろうけど……）

妥当な案は浮かんでいるのにそれを選択しきれないのは、やはり不安が残るからだ。スティーヴンと行動をともにするウィルフレッドと、それから……スティーヴン本人のことも。

「僕も一緒に行く」

気づけばそんな言葉が口をついて出ていた。二人が驚いた様子で目を見開く中、ルカは太股の横で拳を握り己を奮い立たせる。

ウィルフレッドの美しい琥珀色の目を見つめ、ルカは自分に念押しするかのようにもう一度告げた。

「僕もアルヴァアの森に連れていって」

馬を二日走らせたところにあるアルヴァアの森は、密集した木々によって空が埋め尽くされていた。日差しが差し込まないせいで昼間でも薄暗く、森全体にじめっとした空気が充満している。

傭兵の振りをしていたときとは違い、ウィルフレッドは青地に金色の装飾が施された騎士の鎧《よろい》で身を固め、肩から純白の羽織を垂らしていた。同じ鎧をまとった五名の騎士と、傭兵の装備を身につけたスティーヴンを率いた調査隊は、近くの村に馬を預けて森の中を調べ始めた。

その中心にいるのは他でもないルカだ。

「紫色の笠《かさ》に白と橙色の斑点がついているキノコを探して。柄の部分にも毒性があるから、囓《かじ》られているものもよく観察して、少しでもそれっぽい色の笠が残っていたら僕に報告してほしい」

右手に持った手帳には、幻覚症状を与える毒キノコ・リランパの情報が書き込まれていた。リランパを食すと半日ほど強烈な多幸感に満たされるが、離脱症状として強い不安や絶望感に襲われ、暴力や自傷行為といった問題行動を起こすと言われている。

真剣な面持ちで耳を傾けるウィルフレッドたちに、ルカはさらに指示を出した。

「キノコだけじゃなく、花もよく観察して。緑色の粘液が付着していたら、それはリランパの毒が回った狼の唾液である可能性が高い。リランパの毒に侵された生き物は甘い匂いを好むようになるんだ」

「狼もキノコを食べるのか？」

「リランパは毒性が強いから、キノコを食べた草食動物を捕食することで狼にもキノコの毒が回ってしまうんだよ」

「なるほど。付着している唾液の量が多くなってきたら、錯乱した狼の群れが近くにいる可能性が高いということか？」

「そのとおり」

ルカとウィルフレッドのやりとりに、スティーヴンや騎士たちが納得した様子で頷く。周囲の気配に注意を払いながら、彼らは紫色のキノコと緑色の粘液を探し始めた。

広間でスティーヴンと出会ったあと、ルカはウィルフレッドに「アルヴォアで騎士たちが狼に襲われる未来を見た」と耳打ちした。

その後再確認した予言の書には、九月五日の欄に「原因は毒キノコのリランパ」という一文が添えられていたため、ルカはリランパについて調べるとともにアルヴォアの森での調査方法について具体的な計画を練り始めたのだ。ウィルフレッドの身に起こるであろう惨事を避けるために。

ウィルフレッドは「分かった。ルカの指示どおりに動こう」と約束してくれたが、戦う術《すべ》を持たないルカを調査隊に加えることは最後まで渋っていた。しかし曲がりなりにも薬師として生きてきたルカは、薬の材料になる植物の知識がある。絶対に現地に連れて行くべきだと強く訴えた。

「リランパは群生するキノコじゃないし、発生条件が厳しいからそうそう見つかるものじゃない。どんなに条件が整っていたとしても、せいぜい一つの山に二つか三つくらいしか生えないいんだ」

自生したリランパを小動物が残らず食べたとしても、二、三匹が犠牲になって終わりだ。毒に侵された小動物をたまたま狼が捕食する可能性はさらに低い。

「それなのにアルヴォアの森では、狼の群れが丸ごと錯乱するくらい、多くのリランパが生えていたってことになる。錯乱した狼を討伐しながら、同時にリランパの処分を進める必要があるんだ。どのキノコがリランパか見極める人が必要でしょ？」

ルカの主張をもっともだと思ったのだろう。随分悩んだ末に、ウィルフレッドはようやく同行を認めてくれた。

（来て良かった。リランパだけじゃなく、この森……なかなか自生しない薬草やキノコが妙に多い）

お手製の薬草事典を片手に、ルカは地面に片膝をついて奇妙な形の草花を観察していた。こうも珍しい植物が多いと、鉱石の産地として以外にも有名になっていそうなものだが、今までそんな話を耳にした覚えはない。最近になって突然生えてきたということだろうか。

不可思議な話だが、そうだとしたら動物たちの異常行動にも説明がつく。アルヴォアの森を侵略し始めた珍種の薬草は、どれも精神に作用するものだ。気分を高めたり、落ち着かせたりと成分は様々で、基本的にはどれも煮つめて濃縮し薬にする。

しかしこれまで自生していなかった薬草が突然森に溢れたとしたら、その効果に耐性がない動物たちに過剰な影響を与えてもおかしくはなかった。そんな風に突如として森の生態系が変わることが、本当にあり得たらの話だが。

（まるで誰かが種を持ち込んで強制的に生やしたみたいだ）

とにかくこの状況は、常備薬程度しか作れない一介の薬師と、数名の騎士で構成された調査隊の手に負えるものではない。難しい顔で考え込むルカに、いつの間にか近くに立っていたウィルフレッドが「ちょっといいか」と声をかけてきた。

「どうしたの？　ああ、もしかして食べかけキノコでも見つかった？」

腰を上げたルカに、ウィルフレッドは「いや」と首を振った。その表情には緊張感が漂っている。辺りを見回すと、近くにいた騎士たちは皆剣を抜き、厳戒態勢で進行方向を睨《にら》んでいた。

「狼の唾液と見られる緑色の粘液が、花に多く付着するようになってきた。まだ乾いていないところを見ると、この先に狼の群れがいるということだろう」

その言葉にルカは息を飲んだ。今日はまだ九月三日だが、「錯乱した狼とその原因であるリランパを探す」という明確な目的を持って森に入ったため、予定より早く狼と遭遇してもおかしくない。

恐怖の瞬間が迫っていると知って青ざめるルカに、ウィルフレッドはわずかに口角を上げた。

「大丈夫だ。ルカには掠り傷一つつけさせないと誓う。それに、一緒に来てくれた部下やスティーヴンにも。俺が見つけ出した予言者は本物だと、鼻高々にエリスに報告しなくちゃならないからな」

そう言ってウィルフレッドは凜々しい顔を綻ばせた。冗談めかした口調なのは、ルカの緊張を解くためだろう。その気遣いが、こわばっていた心と体をゆるめてくれる。

ルカを囲うようにして騎士たちが守りを固め、ウィルフレッドが先頭に、後方にスティーヴンがついた。薄暗い森の奥へ進んで行くと、やがて「ギャァウ、ギャアァウ」という獣の鳴き声が聞こえてくる。犬の悲鳴のようにも聞こえるその声は間違いなく狼のものだった。

鬱蒼と生い茂る草木の間から見えた異様な光景に、ルカは言葉を失った。

クヌギの木の下にいるのは十頭ほどの狼で、腹を見せて地面に寝転がったり、木の幹に顔を擦《こす》りつけたりしながら尻尾《しっぽ》を振っていた。口の端からはだらだらと緑色の唾液を垂らし、木肌から漏れる甘い香りの樹液に恍惚《こうこつ》の表情を浮かべている。リランパの毒に侵された狼に間違いなかった。

ルカたちの足音に気づいたのだろう。その中の一匹が前触れなくこちらに顔を向けた。焦点の合わない目でぼんやりと調査隊を見つめたのち、「オォンッ」と低い声で吠《ほ》える。仲間の狼たちもそれに気づいて唸り声をあげた。

音を立てないよう注意していたとはいえ、狼の優れた聴覚を考えればもっと前に気づいていてもおかしくない。リランパの影響で樹液の匂いにばかり気を取られ、耳が鈍っているのだ。

（野生動物は人間の気配を嫌がるものだけど、これじゃ互いに気づかないまま鉢合わせてしまうな）

そう考えたのはルカだけではないらしく、ウィルフレッドが右手に持っていた長剣の柄を握り直す。

「恨みがあるわけではないが、錯乱状態の君たちを放置していてはいずれ必ず悲劇が起きる。すまないが、ここで討伐させてもらうぞ」

ウィルフレッドの声には言い知れぬ気迫があった。その闘志とも殺気とも受け取れる気配を誰よりも敏感に拾ったのは、対峙する狼たちだ。依然として目は虚《うつ》ろだが、獰猛《どうもう》な肉食動物の本能に掻き立てられ、体勢を低くし身構える。

先に動いたのは狼だった。ウィルフレッド目掛けて無我夢中で突進してくる。地面を蹴り、鋭利な牙と爪を覗かせて飛びかかってきた。

対するウィルフレッドはあくまで冷静だった。咄嗟に身を低くして攻撃をかわすと同時に、流れるように狼の腹を斬る。「ギャンッ」という悲鳴とともに狼が地面に転がった。長く苦しませないように配慮してか、のたうち回る狼にすぐさま止《とど》めを刺す。

一切の無駄がない動きに、刃先まで神経が行き届いた滑らかな剣捌《さば》き。荒れ狂う炎のような髪色とは対照的に、生き物の生死と向き合う瞬間のウィルフレッドは恐ろしいほど静かだった。

（これが王国随一と言われるウィルフレッドの剣術……）

普段の気さくな雰囲気とも、色恋の話を振られたときの物慣れない雰囲気とも違う真剣な横顔に、ルカの目は釘づけになる。

しかし悠長にしていられる余裕などなかった。仲間の死を皮切りに、狼たちが涎《よだれ》を撒《ま》き散らしながら次々に襲いかかってくる。他の騎士やスティーヴンも切れのある動きで応戦し、森の中はたちまち戦場と化した。

毒の影響で死への恐怖が麻痺《まひ》しているらしく、狼たちは剣を恐れず闇雲に飛びかかってきた。その様子は異様としか言いようがなく、次にどんな動きをするのか読めない。なんの前情報もなく動物の異常行動の調査にやってきたとしたら、騎士たちが大怪我を負うのも無理はなかった。

しかし今目の前で戦っているウィルフレッドたちは、狼のすべての攻撃に完璧に対応していた。一頭、また一頭と地面に伸びていき、やがて動かなくなる。

十頭目の狼を騎士が仕留めたところで、森には再び静けさが戻った。

「皆、怪我はないか？」

調査隊を振り返ったウィルフレッドは息一つ乱していなかった。騎士たちも「はい！」と力強く答える。アルヴァアの森の悲劇はどうやら無事回避できたようだ。


ルカがほっと息をついたときだった。背後でガサッという葉擦れの音があがったと思ったら、茂みの奥から残党らしき狼が飛びかかってくる。咄嗟の出来事に、ルカは声を出すこともできなかった。

牙を剝《む》く狼が迫る中、目の前に純白の羽織が広がった。ルカを背中に隠したウィルフレッドは、素早い身のこなしで狼の体に剣を走らせる。それと同時に左手で狼の腹を突き飛ばした。

地面に投げ飛ばされた狼に騎士がすぐに止めを刺した。獰猛《どうもう》な肉食獣に襲われかけた恐怖が今さらながらに湧き上がり、ルカはへなへなとその場にへたり込む。振り返ったウィルフレッドが、地面に片膝をついてルカの様子をうかがった。

「大丈夫か？　すまない、怖がらせた」

「いや、僕が油断してただけ。ありがとう……、助かった」

眉を下げ、安堵《あんど》の笑みを見せるルカに、ウィルフレッドもまたほっとした様子で表情を和らげる。差し出された手を素直に取って、ルカはなんとか腰を上げた。

丸二日かけて森を巡り、生えているリランパをあらかた採取したルカたちは、予定よりも一日早く調査を切り上げることにした。

調査を終えて近くの村に宿泊した際、ルカは現在のアルヴォアがいかに異様な状態かを語り、より深い知識を持つ薬師を呼び寄せて大々的に調査する必要がある……と強く訴えた。ウィルフレッドもルカの提案を聞き入れ、アルヴォアの森はただちに封鎖されることになった。

しかしその決定に異を唱えたのはスティーヴンだった。

「待ってくれよ。俺はアルヴォアの森の洞窟に用があったから、そのついでに調査を手伝うことにしたんだぞ？　鉱石が手に入らないんじゃ、本来の目的が達成できないままじゃねえか」

アルヴォアの洞窟で採掘を行う者のために作られたという小さな宿で、ルカたちは食堂の卓に着いて顔を突き合わせていた。他に宿泊客がいなかったため、食事と湯浴みを済ませたのち、店主に頼んで話し合いの場として使わせてもらったのだ。

焦った様子で詰め寄るスティーヴンに、ウィルフレッドは訝しげに眉を寄せた。けれどすぐに平静を取り戻し、「予定の変更を余儀なくされたことは申し訳ないが」と切り出す。

「これは国民の安全を守るための決定だ。もし仮に薬草だけでなく毒草が生えていたとしたら、森に入ったきり二度と出られなくなるかもしれない。調査が終了するまでの間、国王陛下が派遣した調査隊以外、森への立ち入りは一切禁止する」

「いや、でもさ……俺と殿下の仲だろう？　頼むよ、俺には鉱石が必要なんだ」

ウィルフレッドがどれだけ明確な理由を述べても、スティーヴンは情に訴えてまで食い下がろうとした。明らかに常識を逸脱しているスティーヴンに、着席した騎士たちが顔を見合わせる。

「言っただろう？　国王陛下への報告も済んでいない現状では、俺から許可を出すことはできない。どうしても森に戻りたいなら陛下に嘆願してくれ」

スティーヴンの必死さに対し、ぴしゃりと切り捨てるウィルフレッドは恐ろしいほど冷静だった。親子ほども年齢差があるのに、これではスティーヴンのほうが駄々をこねる子供のようだ。

それはスティーヴン自身も分かっている様子で、羞恥に顔を歪めたかと思うと、不愉快も露わに拳を卓に叩《たた》きつけた。

「なんだよ、陛下陛下って。結局お前は国王の操り人形ってことかよ！」

荒々しい暴言をウィルフレッドにぶつけ、スティーヴンは勢いよく席を立った。憤った騎士たちが「今の発言は王弟殿下への侮辱に当たるぞ！」と声を荒げる。

「いい。気にしていないから席に着け」

ウィルフレッドが淡々とした調子で宥めるが、スティーヴンは聞く耳を持たず出入口に向かってズンズン進んで行く。バタンッ、と大きな音を立てて乱暴に扉を閉め、勝手に食堂を飛び出してしまった。

「アルヴォアの森はすでに俺の命で立て看板を設置し、兵士を呼んで見張りをさせている。王都に到着し次第陛下に報告して正式な要請を出してもらう予定だ。明朝には宿を発《た》つぞ」

気まずい沈黙が落ちる前に、ウィルフレッドは早々に指示を出して「ゆっくり休むように」と一行を解散させた。ルカ、ウィルフレッド、スティーヴンはそれぞれ護衛役の騎士一名と同室になっている。ウィルフレッドの心中が気がかりだが、ルカが動かなければ同室の騎士に迷惑がかかってしまう。横目でウィルフレッドをうかがいながらも、かける言葉が見つからずルカは食堂をあとにした。

宛がわれた客室に戻り寝台に入ってからも、ルカはなかなか寝つくことができなかった。自分が言われたわけでもないのに、スティーヴンの発言に悶々とした思いが湧き上がる。昂《たかぶ》った神経はいつまで経っても落ち着かず、眠気は一向に訪れなかった。

窓から漏れる月明かりをぼんやり眺めていると、廊下から扉の開閉音が聞こえた。間もなくして二人分の足音が部屋の前を通り過ぎていく。隣室にいるのは確かウィルフレッドと護衛の騎士のはずだ。

ルカがむくりと身を起こすと、扉横の椅子に腰かけていた騎士がおもむろに顔を上げた。騎士の眠りを妨げてしまい申し訳ないが、ウィルフレッドの動向が気になったままではルカも眠れそうにない。騎士に頭を下げてお願いし、ルカもまた彼と二人で廊下に出た。

小さな宿にもかかわらず、ウィルフレッドの姿は屋内のどこにも見当たらなかった。となると考えられるのは宿の外だ。

同行した騎士が正面玄関の扉を開けると、少し離れた場所に簡易な屋根と餌入れが設置された馬繋《ばけい》場《じょう》があった。そこに繋がれた八頭の馬のうち、黒鹿毛《くろかげ》の馬の斜め前にウィルフレッドを見つけた。

愛馬を撫《な》でる後ろ姿にそっと近寄ると、ルカの足音に気づいたウィルフレッドが眉を上げる。

「まだ起きていたのか」

「うん、まあ、ちょっと眠れなくて。ウィルフレッドは？」

「俺も似たようなものだ」

ルカがウィルフレッドの隣に立つのを確認すると、話の邪魔をしないよう気遣ってか、護衛の騎士は宿の入口横に控えた。ウィルフレッドの護衛も距離を取ってルカたちを見守る。賢い馬はルカが近寄っても機嫌を損ねず、ウィルフレッドの手に鼻先を擦り寄せていた。

ウィルフレッドが眠れないのは自分と同じ理由だろうか。それが気になってあとを追いかけたのに、いざ本人の横に並ぶとどう切り出せばいいのか分からなかった。まごつくルカを横目で見やり、ウィルフレッドが小さな苦笑を漏らす。

「さっきは恥ずかしいところを見せてしまったな。気まずい思いをさせてすまない」

申し訳なさそうに眉を下げるウィルフレッドに、ルカは余計にもやもやして首を大きく横に振った。

「ウィルフレッドが謝る必要なんてこれっぽっちもないでしょ。ウィルフレッドの判断は王弟として正しいと思う。国民を守るための処置なのに、あんな風に言われる筋合いはない」

喉の奥に引っかかっていたはずの言葉が、少しつつかれただけでどんどん漏れ出てしまう。いつになく感情的な自分にルカは驚いた。今世だけでなく、五十年前――六回目の人生が始まった頃から、ルカはなにごとにおいても感情を動かさず当たり障りない立場にいようと意識していたから。

ウィルフレッドにとってもルカの反応は思いがけないものだったらしい。髪と同じ色の睫毛をぱちぱちと瞬かせると、おかしそうに肩を揺らして笑い声を漏らした。

「自分の代わりに誰かが怒ってくれるというのは嬉しいものだな」

「ウィルフレッドだってもっとちゃんと怒れば良かったんだよ」

「そうか。……そうだな。エリスの付属品のように扱われることに慣れすぎていて、怒るという選択肢があることをすっかり忘れていた」

思いがけずしんみりとした調子で告げられ、ルカは返す言葉を失った。ウィルフレッドはいつもの穏やかな微笑みをたたえているが、馬を見つめる琥珀色の目はどこか寂しげな気配を孕《はら》んでいる。

「兄の言いなりで自分の意思がないとか、兄の手足として生まれた弟だとか、あとは……兄が病弱なのは弟が胎《はら》の中で体力を奪ったせいじゃないかとも言われたな。立場上やっかみもあったのだろうが、物心ついた頃から悪意のある言葉をかけられることが少なくなかった」

「なんだよ、それ……」

聡明な王と名高い兄を持ちながら、ウィルフレッドは捻《ひね》くれたところがなく、素直でおおらかな雰囲気をまとっている。それはきっと苦労を知らず、周囲の人間に深く愛されて育ったからだと思っていた。幼い頃からそんな悪意を向けられていたなんて考えもしなかった。

腹の底から湧き上がる戸惑いと憤りにルカは声を震わせた。その反応にウィルフレッドははっとした様子で顔を上げ、しまったとばかりに頭を掻く。

「違う。あ、いや、違わないが……ルカに心配をかけたかったとか、悲しませたかったわけじゃないんだ。ただ、ああいった言葉をかけられることは初めてじゃないから、そんなに気にしなくていいと言いたかった。エリスだってきっと、俺の知らないところで俺と比べられることもあっただろう」

ウィルフレッドの物言いはあっさりとしていて、無理をしている様子はない。痩せ我慢でもなんでもなく、きっとウィルフレッドは数々の葛藤を抱えながらも、すでにその苦悩を乗り越えたのだろう。

彼がいまだに苦しみを抱えているわけではないと知り、ルカは安堵すると同時に拍子抜けした。生まれたばかりの悔しさをどこにぶつければいいのか分からず、「もう！」と地団駄を踏む。

「とっくに国王陛下との関係に折り合いをつけてるなら、深刻そうな顔で過去を語ったりしないでよ。なんかちょっと良いことを言って励ましたほうがいいのかと思って、あれこれ考えてた自分が恥ずかしくなるでしょ」

「良いことを言おうとしていたのか」

「そう。国王陛下とは違うウィルフレッドの良いところを挙げて、元気出せって言おうと思ってた」

スティーヴンの言葉でウィルフレッドが傷ついているのではないかと、ぐるぐると頭を悩ませて眠れずにいた自分が馬鹿らしくなる。

けれど唇を尖らせてふてくされるルカに、ウィルフレッドはなぜか嬉しそうに目許をゆるめた。

「なんだ、せっかく考えてくれたなら教えてくれればいいじゃないか」

「え？」

「俺にもエリスとは違う長所があるんだろ？　聞かせてくれよ」

悪戯《いたずら》っぽい口調で催促され、ルカは真顔で硬直した。遅れてじわじわと頰に熱が上ってくる。自分で言い出したくせに、本人に求められると途端に気恥ずかしくなった。

とはいえ、口から出任せを言ったと思われるのも不本意だ。ぎこちなくウィルフレッドから視線を外し、ルカは指を折りながら語り始める。

「えっと……、親しみやすくて身分を問わず慕われてるとこでしょ。相手が平民でもきちんと話を聞いてくれる誠実さも好感が持てるし、王族にしてはちょっと自由すぎるところも面白《おもしろ》いなって思う。世話を焼くモーリスさんは大変だろうけど」

剣術の腕は抜群、おまけに目を引く男前となればいくらでも浮名を流しそうなのに、色恋となると途端に物慣れない反応になるのも微笑ましい。そこまで考えて、ルカは「まずいな」と思った。だって気づいてしまった。自分はこの男が嫌いではない。

（ウィルフレッドから逃げなきゃいけないのに、ウィルフレッドの隣は居心地が良いんだ）

そうでなければ、錯乱した狼と遭遇すると分かっていながら、ウィルフレッドを助けるためにアルヴォアの森まで同行したりしない。スティーヴンの心ない発言で傷ついたのではないかと、夜中に外に出てまで励まそうとしたりしない。

己の気持ちの変化に戸惑うルカに、ウィルフレッドはなにも返事を寄越さなかった。自分で催促したくせに無反応か、という恨みがましい気持ちで、ルカは小さく眉を寄せ横目で彼をうかがう。そのまま身動きが取れなくなった。

月明かりに透ける琥珀色の双眸で、ウィルフレッドはまっすぐにルカを見つめていた。照れてはにかむでもなく、いつもの温厚な雰囲気を放つでもなく、ほのかな熱を宿した瞳にルカだけを映している。その事実に心臓が大きく跳ねた。

「ありがとう。まさかそんなに、俺のことをきちんと見てくれているとは思わなかった」

初秋の静かな夜に、ウィルフレッドの伸びやかな声が溶けていく。ルカの言葉は、想像よりもずっとウィルフレッドを喜ばせたようだった。

距離を縮める二人に嫉妬するかのように、すぐそばに立つ馬がブルルッと鼻を鳴らした。それにウィルフレッドがくすりと笑い、再び毛足の短い滑らかな肌を撫で始める。

「エリスのことは兄として、一国を統べる王として尊敬している。以前は劣等感を抱いて反発したり、きつい物言いでエリスを傷つけたこともあったが、今はただその聡明さに憧れるばかりの兄なんだ。困っていたら助けてやりたいし、これからも力を合わせてトレーネスタンを守っていきたい」

ウィルフレッドの告白は意外なものだった。紳士的なウィルフレッドがきつい物言いをする姿など想像がつかない。

エリスとは謁見の日以来顔を合わせていないが、弟を心から可愛がっているように見えた。なにせ余所者《よそ》のルカを王城に住まわせようとウィルフレッドが言い出しても、『言い出したら聞かない弟なんだ』の一言で受け入れるくらいだ。不仲だった時期があるなんて微塵《みじん》も感じられなかった。

「そうだったんだ……。なにがきっかけで仲直りできたの？」

おずおずと尋ねたルカに、ウィルフレッドは馬に触れる手を止めた。心地良さそうに目を細める馬をしばし見つめたのち、不思議そうな顔をルカに向ける。

「あれ……？　なんだったかな。思い出せない。……というより、そもそも俺は物心ついた頃からエリスにべったりで、喧嘩《けんか》らしい喧嘩などろくにしてこなかった気がする」

「ええ？」

今し方したばかりの話を突如として覆され、ルカは目を白黒させた。からかわれているのかと思ったが、ウィルフレッドは彼自身混乱した様子を見せている。エリスとの過去の確執について語った理由を本気で分かっていないようだ。

随分盛大な記憶違いだな、と呆れながらも、ルカはふっと笑みをこぼした。

「なんにしても、国王陛下とウィルフレッドを比べてどうのこうの言う人の言葉なんか聞かなくていいよ。ウィルフレッドがウィルフレッドだから、みんな気軽に相談したり声をかけたりできるんだ」

穏やかに主人を見つめる馬の、黒曜石のように艶めいた瞳を眺めつつルカは続ける。

「仮に国王陛下が風邪一つ引かない健康体で生まれてたとして、ウィルフレッドと同じくらい国民と距離が近い国王になっていたかって言えば、それはまた別の話でしょ？　ウィルフレッドが国民から慕われるのは、ウィルフレッドが誠実であろうと努めてきた結果だよ。それはウィルフレッドにしかできないすごいことなんだから」

そう言って表情を輝かせるルカの頰に、馬が鼻先を擦り寄せてきた。主人を褒められたのが分かるのだろうか。突然の愛情表現に驚きつつも、ルカからも腕を伸ばして馬のたてがみを撫でる。

その手首をウィルフレッドにつかまれた。

前触れのない接触と、肌に食い込む指の力強さにルカは戸惑った。けれど視線を向けた先で、ウィルフレッドはルカ以上に動揺していた。驚愕に目を瞠《みは》り、唇を薄く開いて呆然とルカを見つめる。

「ウ、ウィルフレッド？　どうし……」

「今の言葉を、前にも俺にかけたことがあったか？」

「え？」

脈絡のない問いかけに、ルカはすぐに返事ができなかった。「いや、ないけど……」と戸惑いつつ返すと、ウィルフレッドはルカの手首に巻きつく自分の手を見つめ、一瞬の沈黙ののち我に返った様子で慌てて離した。

「すまない。俺の記憶違いだったようだ」

ルカに触れたことを今さらながら気恥ずかしく思ったらしい。わたわたと視線を泳がせるウィルフレッドに、ルカはつい笑ってしまう。

「今夜は随分記憶違いが多いね。森を歩き回って疲れてるんじゃない？」

「そうかもしれない。一緒に部屋に戻ろう。護衛の騎士たちも休ませないとならないからな」

ウィルフレッドは愛馬に「おやすみ」と一声かけると、ルカとともに馬繫場を離れた。騎士たちのもとへ向かう途中、ルカにだけ聞こえる音量でこっそりと告げる。

「悪意を向けられるのには慣れていると言ったが、幼少期から世話になっていたスティーヴンに操り人形呼ばわりされたのは、正直に言って少し堪《こた》えた。……だから、ルカが励ましてくれて嬉しかった」

やはりウィルフレッドも、スティーヴンの発言が原因で眠れぬ夜を過ごしていたらしい。「ありがとう」と改めて感謝の言葉を述べるウィルフレッドに、ルカも自然と笑みがこぼれる。

追いかけてきて良かった、と胸の中が温かくなるのを感じながら、ルカは「どういたしまして」と返して護衛の騎士とともに部屋に戻った。


事件が起きたのはその翌朝だった。王都への出立のために荷物をまとめていたルカは、鞄に入れていたはずの財布がなくなっていることに気づいた。

騎士と二人で部屋を探し回っていると、スティーヴンと同室の騎士が、いつの間にか彼の行方が分からなくなっていると言い出した。スティーヴンの荷物もまた跡形もなく消えていて、彼がルカの財布を盗んだうえで騒ぎのどさくさに紛れて逃げた……と考えるのが自然だった。

「犯行は昨夜だと思います。手洗いに行くと言って部屋を出ようとしたので護衛を申し出ましたが、すぐそこだからと断られました。……王弟殿下と、ルカ様が部屋を離れた直後だったと思います」

昨夜と同じく、全員で食堂に集まって話し合う中、スティーヴンと同室だった騎士が青い顔で報告した。身を守る術を持たないルカや、王族であるウィルフレッドとは違い、スティーヴンは個人で依頼を請け負う剣士だ。確かに往復五分ほどの手洗いまでついて行く必要はないな、と騎士も納得した。

そのスティーブンが、無人になったルカの部屋に侵入するなんて思ってもみなかったのだろう。寝泊まりと簡単な食事ができるだけの簡素な宿のため、客室の扉には錠がついていなかった。

「スティーヴンを調査隊に招き入れたのは俺だ。王弟の知人が仲間相手に盗みを働くなど想像もしてなかっただろう。お前の責任ではない」

ウィルフレッドは騎士の肩を軽く叩いて慰めると、別の騎士に目配せをした。

「まだ遠くへは行っていないはずだ。すぐにスティーヴンを追いかけてくれ。王都に連れ帰り、牢《ろう》に入れて審判にかける必要がある」

「ろ、牢？」

不穏な単語にルカは戸惑いを露わにした。「ああ」と頷くウィルフレッドの表情は険しい。それに怯みそうになりながらも、ルカは顔の前で大きく手を振ってぎこちない笑みを作り、場にそぐわない明るさを見せた。

「そんな、大袈裟だよ。盗《と》られたんじゃなくてどこかに落としたのかもしれないし」

「だとしたら、余計にスティーヴンを捜し出し、真相を解明する必要がある。無実にもかかわらず、俺たちに泥棒だと思われていたとしたら彼も無念なはずだ」

「でも……でも、仮に盗まれていたんだとしても、牢に入れる必要はないと思うよ。元々財布に大した額のお金は入れてなかったんだし」

「金額の問題ではなく、窃盗を働いたという事実が問題なんだ。さあ、もう出発してくれ。出遅れたらその分だけスティーヴンを捕まえるのが難しくなる」

理路整然とした口調でルカを諭《さと》しながら、ウィルフレッドは部下である騎士に指示を出した。騎士もそれに応え、すぐさま食堂の出入口に向かう。

どうしよう。牢に入れるのは駄目だ。それではスティーヴンの苦労が水の泡だ……。

「だから！　盗まれてもいい金額しか持ってきてなかったから別にいいんだよ！」

焦りのあまりルカはつい口を滑らせてしまった。今のはまずい発言だと気づいたのは、静まり返った食堂の中央で、ウィルフレッドの顔色が変わるのを目にしてからだった。

「スティーヴンがルカの財布を盗むのを、君は事前に知っていたのか？」

驚愕と微かな怒気を孕んだ声に、ルカはビクッと肩を震わせた。ルカが予言者であることは、ウィルフレッドに仕える騎士たちには周知の事実だ。部屋に重たい沈黙が落ちる中、ルカはウィルフレッドから視線を外して顔を俯け、観念して口を開いた。

「……一ヵ月くらい前にスティーヴンさんの家が火事で全焼したんだ。怪我人は出なかったけど、もうすぐ結婚するはずだった娘さんの嫁入り道具が燃えてしまった。婚礼用の衣装もすべて」

泣きじゃくる娘を、スティーヴンは「蓄えならまだあるから買い直せばいい」と慰めた。妻に逃げられたあと、男手一つで育てた大事な一人娘だった。

けれど実際の金の出所はこっそり頼った金貸しだった。その金貸しが良い噂を聞かない男で、あとになって法外な金利を伝えてきたうえ、「期日までに返済できなければ二度と娘の顔は拝めないものと思え」と脅してきた。

ステイーヴンは金策に走ることになり、その中の一つがアルヴォアの洞窟での採掘だったのだろう。

「アルヴォアの洞窟では希少な鉱石が採れるって、ウィルフレッドも言ってたでしょ？　スティーヴンさんはきっと、その鉱石を売ってお金を作るつもりだったんだ。けれど採掘ができないままアルヴォアの森は封鎖されることになった」

「その代わりとして、ルカから金を盗んだということか……？」

「代わりになるような金額じゃないけど、とにかく少しでも手持ちのお金を増やさなきゃっていう焦りはあったと思う」

現段階ではすべて憶測に過ぎない。けれどスティーヴンもまた前世と同じ人生を歩んでいるとしたら、多少の違いはあれど同じ流れをたどっているはずだ。

四回目の人生で行き倒れになっているスティーヴンを見つけたのは、今から一ヵ月ほどあとのことだった。金策に奔走するスティーヴンはひどくやつれていて、ルカが自宅に招き入れて温かい食事を振る舞うと、涙ながらに身の上を語り始めたのだ。

不憫《ふびん》に思ったルカは、体調が戻ったらまた頑張ればいいと励まして数日家に置いた。スティーヴンは何度も感謝の言葉を述べていたが、ある夜ルカが仕事を終えて自宅に戻ると、金目のものがすべてなくなっていた。「すまない」という走り書きの置き手紙を残して。

ルカはその被害を誰にも訴えなかった。やるせない気持ちを抱えたまま、荒らされた部屋を一人黙々と片づけていた。

「なぜ相談してくれなかった？　スティーヴンがこんな卑劣な行為をすると事前に分かっていたら、決してルカに近づけさせなかった」

ウィルフレッドの口調は、怒っているというよりもどかしそうだった。防げたはずの事件が目の前で起きたことが悔しくて仕方ないのだろう。

「確信があったわけじゃない。僕が見た未来のスティーヴンさんはもっと追いつめられた印象だったけど、実際に会った彼は予想より元気だったから、今回は読みが外れるんじゃないかと思ったんだ」

四回目の人生とは出会った時期も場所も違う。行動をともにする調査隊には友人の息子であるウィルフレッドもいる。金策に奔走している時期なのは想像がついたが、さすがに今回は理性が上回り、窃盗には手を染めないのではないかと考えていた。そうであればいいと思った。

一体自分はどこで選択を間違えたのだろう。安全性が確認できるまで森を封鎖するべきだと提案したときか、それとも財布が見つからないことを騎士に伝えたときか。

目を合わせないまま語るルカに、ウィルフレッドはなにかを考えるように口を閉ざした。探るような調子で「……それだけか？」と問われ、ルカはギクリとする。

「ルカは自ら調査に同行したいと名乗りをあげただろう。窃盗の被害に遭う可能性があると分かっていたなら、狼の対策方法だけを伝えて王城で待機するという選択だってできたはずだ」

普段は心配になるほどお人好しのくせに、ウィルフレッドは時折恐ろしいほどの勘の鋭さを発揮する。ルカは動揺を隠すように唇を嚙みしめたが、すぐさま誤魔化しきれないと判断した。

「スティーヴンさんが盗みを働く相手が、ウィルフレッドだったらまずいなと思った。王族相手の罪は重いから。……でも僕が相手なら、注意だけで済ませられるかもしれない」

ルカの発言に、ウィルフレッドは苦々しげに嘆息する。

「スティーヴンの罪を軽くするために、自分を囮《おとり》にしたのか」

いつもは穏やかなウィルフレッドの声音が、今日は随分と重く冷ややかに感じられた。落胆した顔を見るのが怖くて、ルカはぎゅっと目をつむる。

けれどルカに向けられたのは、叱責の言葉でも冷徹な態度でもなかった。ルカの右手にそっと指が触れたかと思うと、ウィルフレッドが両手で包み込むように握ってくる。うっかり掠めたわけでも、動揺のあまりつかんだわけでもない、明確な意思を持った触れ合い。

恐る恐る顔を上げたルカに、ウィルフレッドは艶やかな琥珀色の目を向けた。困ったように眉を下げながらも、その眼差しはどこまでも温かく、優しい。

「ルカ。君がスティーヴンに情けをかける気持ちは分かる。けれど父親が窃盗を働いて得た金で自分の婚礼衣装を買ったと知ったら、娘は幸せな気持ちで結婚できるのか？　いつ自分の罪が明るみに出るのかと肝を冷やしながら娘の婚礼を見守るスティーヴンは、幸福な父親だと言えるのか？」

ウィルフレッドの誠実な言葉がルカの胸にぐさりと刺さった。罪から目を逸《そ》らそうとしたことこそが間違いだったのだと、揺らぐことのない正義を掲げたウィルフレッドによって思い知らされる。

ウィルフレッドは改めてスティーヴンを追うように騎士に指示を出した。騎士が食堂を出て行くのを見送ってから、ウィルフレッドは再びルカに顔を向ける。

「俺にはこの国を守る責任がある。すべての国民が平和な毎日を過ごせるよう努める義務がある。罪を犯した人間を放っておくことはできないし、事前に知りながら罪を犯させることも認められない」

「……ごめんなさい」

ウィルフレッドの静かだがまっすぐな台詞が胸に染みて、自然と謝罪の言葉が出た。ルカの素直な反応に、ウィルフレッドは「ああ」とやわらかく微笑んでみせる。

ルカを包んでいた手が片方だけ離れたかと思うと、その手がぽんと頭に載った。繊細なものに触れるかのように優しく撫でられ、その感触と温度に心が解けていく。心地が良くて、触れられたところがぽかぽかと温かくなっていく。

「もっと俺を頼ってほしい。自分さえ我慢すればいいと考えないで、なんでも俺に打ち明けてくれ」

最後にそう言って目を細め、ウィルフレッドはそっと手を戻した。頭や手に触れていた体温が遠退《とおの》くと、途端に心許ない気持ちになる。

残った騎士たちに今後の動きを指示し始めたウィルフレッドを見つめ、ルカは細く息を吐いた。

『……えせ』

耳許で囁かれたようにも、遠くからかけられたようにも感じられる奇妙な声が聞こえたのは、そのときだった。

「え？」

ルカは戸惑いの声をあげて周囲を見回してみるが、声の主らしき人物は見当たらなかった。ルカ以外には聞こえなかったらしく、ウィルフレッドが「どうかしたのか？」と不思議そうに振り返る。

女性であることはなんとなく分かったものの、年若いようにも老いてしゃがれたようにも聞こえるその声は、やけにルカの耳に残りなかなか消えなかった。


一七五年という長い年月を生きる中で、ルカは二つのことを諦めた。

一つは、自分が同じ世界に繰り返し転生する謎を解明することだ。

己の身に起きた奇妙な生まれ変わりに気づいたルカは、三回目の人生からその原因を突き止めるべく王国内を歩き回るようになった。東に貴重な文献があると知れば長い月日をかけて向かい、西に高名な神官がいると知ればこうべを垂れて助言を求めた。

けれど結局、三回目から五回目までの人生――計七十五年という長い年月をかけても、ルカが答えにたどり着くことはなかった。

『きっと神がお与えになった試練なのです。あなたがそれを乗り越えたときに初めて、天寿をまっとうする権利を得られることでしょう』

厳かな神殿で淡々と告げた神官に、無性に腹が立ったのを覚えている。二十五歳を迎える直前に必ず死ぬ運命を神が授けたのだとしたら、それは試練という体《てい》の良い言葉で包んだ呪いだと思った。

もう一つルカが諦めたのは、他人と深い関係を築くことだ。

ルカが己の数奇な人生について語っても、大概の人間は戯れ言としか受け止めなかった。けれど中にはルカの話に真剣に耳を傾けてくれる人もいて、彼らは眉唾ものの文献を探すための旅に付き合い、真実を求めて出向いた神殿で笑いものにされる屈辱に一緒になって耐えてくれた。

しかしそんな仲間とも、運命の命日には必ず別れが訪れる。

五回目の人生で、道端で酒に酔った男——仕事の不正を王弟に見抜かれ、職を失ったために酒浸りになったらしい——に言いがかりをつけられたルカは、突き飛ばされて石畳に強く背中を打ちつけた。その影響が遅れて出たらしく、帰宅後にルカの容態はみるみるうちに悪化した。

（ああ、また二十五歳の誕生日を迎えることができなかった……）

ルカにとっては繰り返される死の一つに過ぎなかったが、ベッドの横でルカを看取《みと》る仲間たちは、まだ年若い友人との早すぎる別れを前に涙に暮れた。

『ごめんな、ルカ。俺たちじゃルカの力にはなれなかった』

気の良い仲間たちは、ルカの死を回避できなかったことを心から嘆いた。三回目の人生でも、四回目の人生でも同じように泣いてくれる人がいた。それがルカにとってはありがたくも心苦しかった。

運命の命日を乗り越えられない限り、ルカは二十五歳の誕生日前日に必ず命を落とす。そんな状況で親しい関係の相手を作れば、彼らに友人の早すぎる死の悲しみを与えることになるのだ。

六回目の人生が始まる頃には、ルカは「もう生まれ変わりの原因なんて突き止めなくてもいいか」と考えるようになっていた。二十五歳の誕生日以降の人生を歩んでみたい気持ちはあるが、もし不可能だったらまた次の人生を楽しめばいい。そう割り切ることにした。

親しい人間に不用意な悲しみを与えないために、運命の命日を乗り越えるまでは当たり障りのない希薄な交友関係に留《とど》めようと決めた。元々恋愛に対する意欲が薄かったこともあり、他人から好意を寄せられても適当にあしらう癖がついた。

唯一恋をしたのは一回目の人生で出会った男だ。残念ながらその恋は実らなかった……と思う。一五〇年も昔の話なので記憶が曖昧だが、みぞれ交じりの冷たい雨に打たれながら、いつまで経っても迎えにこない彼を待っていた記憶があるのできっとそうなのだろう。

ルカはもう彼の顔も名前も思い出せなかった。ただ、常に眉間に皺を寄せている、愛想の欠片もない男だったことだけは覚えている。

王城の応接間に招かれたルカは、滑らかな起毛素材の長椅子に腰かけながら、すぐ横でモーリスが紅茶を淹《い》れる姿をなにがなんだか分からないまま見つめていた。

目の前の卓には、鮮やかな果実で彩られた小振りな焼き菓子が所狭しと並んでいる。その向こう側に座っているのはウィルフレッドの兄であるエリスだ。茶器を口許に運び、紅茶の香りを楽しんでいるエリスの隣には、小さな淑女がちょこんと座っている。

今年で六歳になったというシャーロットは、国王のエリスと王妃のソフィアの間に生まれた愛娘《まなむすめ》で、リボンを飾った巻き髪が愛らしい王女だ。

三十分ほど前にルカの部屋を訪ねてきたモーリスは、「シャーロット王女殿下が翠眼の予言者様とお茶をご一緒したいとご所望です」と言い出した。

エリスとはルカが王城にやってきた一ヵ月前に会ったきりだし、シャーロットとは今日に至るまで顔を合わせたこともなかった。なぜ急にお茶会なんて……と混乱する暇もなく、ルカは上質で華やかな衣装を着せられ、光沢のあるタイで首元を飾られた。

あれよあれよという間に応接間に送り出され、気づけばこうしてエリス父子《おやこ》と向かい合っている。

(せめてウィルフレッドが同席してくれてたら良かったんだけど……)

ガチガチに固まったまま身動きが取れずにいるルカに、斜め向かいからシャーロットがじっと視線を送ってきた。モーリスが皿に載せてくれた焼き菓子を受け取りながら、「それで」と小さな王女がおもむろに口を開く。

「ルカ様は、ウィル叔父様の『運命の人』なんですの?」

どこの馬の骨とも分からない小娘を品定めする小姑《こじゅうと》のような物言いに、茶器を傾けていたエリスの口許で「ごぼっ」と音が鳴った。すぐそばに控えるモーリスも笑いを噛み殺すように全身をぷるぷると震わせている。

ルカだけが問われた内容が理解できず、ただただ困惑を露わにした。

「あの……、その『運命の人』ってなんなのでしょう？　王弟殿下の話題になるとよく耳にするのですが……」

胸の辺りで小さく挙手をして、ルカはおずおずと尋ねた。知らなかったのか、とばかりに三人は顔を見合わせて、数秒ののちにエリスが咳払いをしてから語り始めた。

「ウィルフレッドは少し変わったところがあってね。おしゃべりが上手になる頃には『俺には心に決めた運命の人がいる』と主張するようになったんだ」

おおらかな前国王は「運命の人以外とは結婚しない」と譲らない第二王子を面白がり、「それなら自分でその運命の人を見つけ出しなさい」と告げた。十六歳で成人を迎えたウィルフレッドは張り切って社交界に顔を出すようになったが、彼が言う「運命の人」とは一向に巡り会えなかった。

「手がかりはあるんですか？　名前や顔、どんな身分だとか」

「それがまったく分からないんだそうだ。ただ、舞踏会や晩餐会で会ったどの令嬢も、顔を見た瞬間に『違う』と感じたらしい」

「ええ……？」

積極的に花嫁探しをしているにもかかわらず、すべての縁談を断っている珍妙な王弟の噂は、こういった言動から発生したものらしい。顔も名前も分からない運命の人を捜しているなんて随分突飛《とっぴ》だが、ウィルフレッドの自由奔放さを思えば想像に難くなかった。

王弟ともあろうものがそれでいいのか……とルカは呆れるが、エリスは「面白いよね」とくすくす笑い声を漏らした。初対面のときの印象どおり、随分弟に甘い。

そんなルカの考えを見越してか、エリスは弟と同じ色の目を細め、穏やかな表情を見せた。

「私はね、ウィルフレッドにはできるだけ自由に生きてほしいと思っているんだ。体の弱い兄を持ったことで弟には随分迷惑をかけた。それでも決して捻くれることなく育ち、幼少期から私を支えてくれているウィルフレッドに、心から感謝しているから」

弟との思い出を懐かしむような口調のエリスに、なにかを隠すような素振りは見えなかった。エリスとウィルフレッドはやはり仲の良い兄弟のようだ。そうなると、アルヴォアの森に行った夜にウィルフレッドが記憶違いを起こした理由がますます分からなくなる。

おっとりとした父の隣で、シャーロットは拗《す》ねた様子で唇を尖らせた。

「でも、ルカ様と出会われてから、ウィル叔父様は運命の人を捜すのをやめてしまわれました。それはルカ様がウィル叔父様の運命の人だからではございませんの？」

ぷりぷりと怒るシャーロットに悟られぬよう、モーリスが小声で「シャーロット様はウィルフレッド殿下を慕われているのです」と教えてくれた。なるほど、シャーロットにとってルカは大好きな叔父を奪いかねない相手らしい。

肩を竦めたルカは、苦笑とともに首を横に振った。

「シャーロット王女殿下。僕はウィルフレッド殿下の運命の人ではありません」

「そうなのっ？」

「殿下のお話から考えると、運命の人というのはお会いした瞬間に分かるものなのでしょう。でも僕は山の中で殿下にお会いした際も、謁見の間で再会した際も、そういった感動は覚えませんでした」

ずっと避けてきた相手と出会ってしまったことへの衝撃はあったが、恋のときめきのような甘い感覚とはほど遠い。初対面のときに至っては不穏な胸のざわめきすら感じたほどだ。

だから安心してほしいという意味を込めて説明したのに、ルカは自分の言葉に一抹の寂しさを覚えた。自分の死の原因となるウィルフレッドとは関わらないように生きてきたのに、なぜそんな感情が芽生えたのか分からずルカは戸惑う。

「そう……、そうなのね」

思わず視線を落としたルカに、シャーロットは幼子らしからぬしんみりとした調子で繰り返した。しばし口を閉ざしたのち、力強く「モーリス！」と従者に声をかける。

「ルカ様のお皿に焼き菓子をたくさん載せてちょうだい！　とびきり可愛くておいしいものを！」

「へ？」

「ルカ様、あとでわたくしがご本を読んで差し上げます。お姫様が素敵な王子様と出会って幸せになるお話がいいわ。わたくし毎日勉学に励んでおりますので、ご本を読むのもとっても上手ですの」

「あ、えっと、ありがとうございます……？」

恋敵《こいがたき》として見られていたはずのシャーロットに、突如として甲斐甲斐《かいがい》しく世話を焼かれルカは混乱した。エリスとモーリスはなにかを察したような顔で、やはりおかしそうに肩を震わせている。

シャーロットが懐いてくれたおかげで随分と気が楽になり、皿にどっさり盛りつけられたケーキを摘みながら紅茶を味わっていると、応接間の扉をノックする音が響いた。「遅れてすまない」と言いながら入ってきたのはウィルフレッドで、ルカの姿を認めると驚いた様子で眉を上げる。

「ルカもエリスに招待されていたのか？」

「わたくしがルカ様とお話ししたくてお茶会を開きましたの。お父様、ウィル叔父様がいらっしゃるなんて聞いておりませんわ」

不満げなシャーロットにウィルフレッドが「おいおい」と苦笑を漏らした。エリスだけは涼しい顔で「お茶はみんなで飲んだほうがおいしいじゃないか」とモーリスに紅茶のおかわりを求めている。

直情型のウィルフレッドに対し、エリスは少しばかり内面が読めない印象があった。

ルカの隣に座ろうとしたウィルフレッドは、長椅子の前に回ったところで動きを止めた。ルカの全身をまじまじと見つめたのち、ふっと表情を綻ばせる。

「今日は随分雰囲気が違うな」

「あ……、うん。モーリスさんが着替えさせてくれたんだ」

「よく似合ってる」

率直な言葉で褒めたわりに、あとから照れくさくなったらしい。ぱっと目を逸らしたウィルフレッドの頬はわずかに赤らんでいた。

釣られるようにルカの顔にも熱が上り、どこを見ればいいのか分からず視線をさまよわせる。

（なんか……、なんか変だ。見た目を褒められることには慣れてるつもりだったのに）

ルカの中性的な容姿に興味を持ち、言い寄ってくる相手は男女問わず多くいた。この顔で一七五年も生きてきたので、恋愛経験がないにもかかわらずあしらい方だけは上手になった。

それなのに、ウィルフレッドの素直な反応を前にすると、飄々とした言動で煙《けむ》に巻くことも素知らぬ振りで受け流すこともできなくなってしまう。

（……他に思い焦がれる相手がいるくせに）

黒い靄《もや》がかかったような気持ちが突如として胸の内に湧き、ルカは動揺で視線を揺らした。ルカと同じ長椅子に座ったウィルフレッドを、シャーロットが卓の向こう側からじろりと睨む。

「思わせ振りな態度を取るのは良くないと思うわ、ウィル叔父様」

「なんだ、どういう意味だよ？」

「自分のお胸に手を当てて聞いてくださいませ」

つんと顔を背けたシャーロットが、「ねー、ルカ様！」と同意を求めてきた。困惑するウィルフレッドに助け船を出すように、エリスが「そういえば」とさりげなく話題を変える。

「もうすぐ街でお祭りが開かれるんだ。無形の魔女の物語から着想を得た祭りなんだが、せっかくだからルカも参加してみたらどうだい？　ウィルフレッドと一緒に」

エリスから予想していなかった提案をされ、ルカは思わず隣に座るウィルフレッドをうかがい見た。目が合うとウィルフレッドは一瞬どぎまぎした様子を見せたものの、すぐに明るい表情を浮かべる。

「ルカさえ良ければ行ってみようか。無形の魔女の祭りは少し変わった催しが行われるんだ」

ウィルフレッドが一緒だと思うと心強い。彼のことが嫌いではないと気づいてからというもの、ルカはウィルフレッドと一緒にいることに、不安よりも安心感を抱くようになっていた。

（どうせ運命の命日までは命を落とすこともないし）

言い訳がましい台詞を心の中で漏らし、ルカは「うん、連れて行って」と頬をゆるめた。

五日後に城下町で行われた無形の魔女の祭りは、確かに一風変わった雰囲気があった。

男性は腰に棒状のものを差し、女性は目を描いた布で顔を隠して、夜の城下町を二人一組で歩き回る。魔女を討伐した騎士と、騎士の意中の相手に扮した魔女を模しているのだ。

街の各所に配置された音楽隊が「魔女の魔法」という題の伝統音楽を演奏し始めたら、参加者はパートナーとは別の相手の手を取って踊らなくてはならない。簡単なステップの短いダンスを次々と相手を変えて繰り返し、その曲が終わる頃合いを見計らって元々のパートナーと合流する。

曲が終わる瞬間に無事パートナーと踊れていれば、男性から女性の手の甲にキスを贈る。しかし別の相手と踊っていた場合は、愛する人を見失い魔女に喰われてしまった……という意味で、最後に踊っていた女性が男性の頰や鼻といった顔の一部を摘むのだ。

これがなかなか難しかった。街は人で溢れているうえ、道端に立ち並ぶ屋台では様々な食べ物の他に酒類も販売している。良い具合に酔いが回った人々は人混みの中でパートナーと再会できず、女性に顔を摘まれて「わはは」と笑い声をあげる男性が続出していた。

「で、なんで僕が女性用の格好をしなきゃいけないの？」

目許から鼻の真ん中辺りまでを四角形の布で隠したルカは、自前の上衣に黒のゆったりとした羽織をまとっていた。丈が膝まであり、魔女が着る衣装のように見えなくもない。

どの女性も似たような格好をしているため、確かに人混みの中で手を離せばあっという間にパートナーを見失いそうだ。

「どちらかが騎士、どちらかが魔女の格好をしていれば、衣装に性別は関係ないんだ。友人の男性同士や女性同士で参加する者だっている。なにもおかしくないさ」

祭りの気配にあてられたのか、楽しげな調子で語るウィルフレッドは、薄手の白い上着を羽織り腰に木製の剣を差していた。どちらも祭りの一ヵ月前から王都で販売されているものらしく、同じ格好で歩いている人が多く見られる。

ウィルフレッドの言葉どおり、魔女役の男性や騎士役の女性もちらほらいた。それならいいか、と安堵の息を漏らすと同時に、ウィルフレッドがルカに向かって肘を突き出してくる。

「え？　つ、つかまれってこと？」

「魔女役の参加者は視界が悪いだろう？　頼るものがないままこの人混みの中を歩くと、音楽が流れる前にはぐれてしまうぞ」

彼の主張はもっともだ。こんな状況で拒むのもおかしいかと思い、ルカはそっとウィルフレッドの腕につかまった。衣服の上からでも分かるたくましい腕回りに、妙に居たたまれない気持ちになる。

ウィルフレッドにエスコートされながら歩く城下町は、秋の夜とは思えないほどの熱気に満ちていた。例の音楽隊が常に陽気な楽曲を演奏し、酒を飲み交わす人々は上機嫌で歌ったり笑い合ったりしている。

露店の数も普段とは比較にならないほどで、ダンスをするために騎士と魔女の格好をした人と、おいしそうな香りを漂わせる露店目当ての客で、大通りはごった返していた。

人波に押され、ウィルフレッドに身を寄せる状態になりながら周囲を見回していたルカは、各建物の軒先に枝を束ねた柊《ひいらぎ》と火屋《ほや》で覆われた灯火がかけられていることに気づいた。

「柊は魔除《よ》けかなにか？」

「さすが、植物に詳しいな。柊の棘《とげ》で魔女をはね除《の》け、想い人が無事に戻るように灯火を目印にしているんだ。今年は魔女が封印されてから一五〇年の節目だから、特に盛大な祭りになっている」

周囲に大勢の人がいる中で魔女の話題に触れるので、いいのか？　という意味を込めてルカが目配せすると、ウィルフレッドは「みんなそういう設定の物語だと思っているよ」と耳打ちした。なるほど、と納得しつつ、以前ウィルフレッドと交わした会話を思い出しルカは首を捻る。

（一五〇年前に三回目の復活をしたって話だけど、魔女が最初に封印されたのっていつなんだろ？）

仮に一五〇年周期で復活しているのだとしたら、最初の封印は六〇〇年前ということになる。しかし無形の魔女が聖女として持て囃《はや》されていたトレーネスタン王国の動乱の時期は、ルカの転生が始まる前から数えたとしてせいぜい二五〇年前だ。

今回はたまたま一五〇年も時間が空いただけで、今まではもっと短い間隔で復活していたのだろうか。深まる謎にルカが混乱する中、遠くから「おーい！」と元気な子供の声がかけられた。

布の端を摘んで前方を確認すると、露店で商品を販売するダリルと、大きく手を振るニールが視界に飛び込んできた。ルカとウィルフレッドは人の波を縫うようにして二人のもとへ近寄って行く。

ダリルたちは彫金の装飾品を販売していたらしく、車輪つきの台には耳飾りや腕輪が並んでいた。剣の柄を装飾するときの応用だろうか、細かな造形は手が込んでいて美しい。

「随分美人の魔女を連れてるなあと思ったら、やっぱりルカさんだったか。前に会ったときよりもだいぶ仲良くなったみたいだね？」

頭の後ろで手を組み、ニヤニヤと口許をゆるめるニールに、ルカは慌ててウィルフレッドの腕から手を離した。悪手《あくしゅ》だ、と気づいたときには遅く、ニールは愉快なものを見たとばかりに目を細める。

しかしさらなるからかいの台詞が飛んでくる前に、街中に配置された音楽隊が唐突に別の曲を演奏し始めた。軽快な旋律の音楽に、どこからか「『魔女の魔法』だ！」という声があがる。

「ほら、踊ってきな」

ダリルに促され、ルカは戸惑いながらもウィルフレッドとともに人混みに戻った。すぐに騎士役の男性がルカの前に現れ、手を差し出してダンスに誘ってくる。ウィルフレッドも同様に、華奢《きゃしゃ》な魔女役の女性に声をかけられて踊り始めた。

ダンスはごく簡単なステップを踏んだのち、騎士役が魔女役の手を取って一回転させ、互いに礼をしてまたすぐに別の相手を誘う……という流れだった。女性慣れしていないウィルフレッドは大変なのではないか、と密かに心配したが、横目でうかがった先で彼は堂々と踊っていた。

ダンスをしながら女性となにかを話し、楽しげに笑い合う。手を握ることに照れる様子もない。

（なんだ。女の人が相手でも全然問題ないじゃないか）

ルカとの触れ合いでウィルフレッドが照れた様子を見せたのは、ルカの容姿が男らしくないからだと思っていた。女性に慣れていないから、中性的な雰囲気のルカにどぎまぎしてしまうのだろうと。

けれど性別が理由じゃないのなら、ルカの一挙一動に反応して赤面したり、焦ったりしていた意味が変わってくる。

（……なんだよ）

子供が拗ねるような、あるいは照れ隠しで素っ気ない調子になるような、そんな声が心の内でこぼれた。慌ただしいダンスのせいだろうか、心臓がいやに速く動いている。火傷《やけど》を負ったかのように胸がちりちりと痛んで、内側から熱を放つ。

『思わせ振りな態度を取るのは良くないと思うわ』

シャーロットの大人びた台詞がふいによみがえり、ルカはきゅっと唇を結んだ。

（僕じゃない誰かとの出会いを求めてるくせに、……あんな風に優しい顔をしないでよ）

曲の速度がどんどん上がっていき、終わりが近づいていることに参加者たちが色めき立った。多分次の相手と踊ったところで終了だろう。そろそろ本来のパートナーを探さなくてはならない。

限られた視界の中、ルカは懸命に周囲を見回した。ウィルフレッドはどこだろう。早く次の相手を選ばないと、酔いの回った騎士役に強引にダンスに誘われてしまう。

「ルカ！」

街中に喧噪《けんそう》が満ちる中、その声は不思議とまっすぐルカの耳に届いた。

声がしたほうへルカは咄嗟に手を伸ばす。ウィルフレッドがその手をしっかりとつかんで引き寄せた。勢い余ってよろめいたルカは、ウィルフレッドの胸に手を置く形で抱き留められた。

ジャンッ！　という軽快な音で締め、「魔女の魔法」の演奏が終了した。騎士役が魔女役の顔隠しを捲り、最後に踊った相手を確かめる。楽しげな調子で「しまった～！」と嘆く騎士役が多い中、中には本来のパートナーと無事巡り会えた人もいて、彼らは嬉々として魔女役の手の甲にキスをした。

「顔を確認するぞ」

もう互いに分かっているのに、すぐ近くで囁かれ心臓が高鳴った。目許を覆っていた布がゆっくりと上げられる。琥珀色の目は思いのほか近くにあり、焦った様子で視線を揺らすルカを映していた。

安堵した様子で綻ぶ顔から、ルカは目を離せなくなる。

「良かった。ちゃんとまた、君に会えた」

感じ入るようにウィルフレッドは言って、ゆったりとした動作でルカの手首を捕らえた。手のひらに指を滑らせ、そのまま掬い取るように己の口許へ運ぶ。

まるで君主にこうべを垂れるかのようにウィルフレッドは上体を倒した。赤色の睫毛を伏せ、慈しむように手の甲へ唇を寄せる。

押し当てられたやわらかな感触は、焼き印のようにルカの肌を焦がしほのかな熱を生んだ。


「はあ……」

夜が更けてもいまだ賑わいを見せる大通りから、人通りの少ない小路に入ったルカは、顔隠しの布を外すと壁にもたれた。定期的に演奏される「魔女の魔法」に合わせて何度もダンスをしていたせいで全身ががくたくただ。

ルカを連れて人混みを離れたウィルフレッドは、「飲み物を買ってくる」と言って露店に向かった。

彼の後ろ姿を名残惜しい気持ちで見送ったルカは、そんな自分に焦りを覚えていた。その場にしゃがみ込んで膝の上に腕を載せ、両手で顔を覆って「ううぅっ」と呻《うめ》き声を漏らす。

(ああもう、なにやってんだよ僕は！　運命の命日を超えるまでは極力親しい人を作らないって決めてるのに、ウィルフレッドにほだされまくった挙げ句、ちょっと良い雰囲気になるなんて！)

ウィルフレッドから逃げ出さなくてはという気持ちは、彼と一緒に過ごす中で自然と薄れてしまった。それどころか、最近では自分に言い訳をしてまで彼との時間を作っている。ウィルフレッドと笑い合う楽しさが、近づく命日への危機感を薄れさせているのだ。

(……いくら楽しい時間を過ごしたって、今の人生が終わったら全部なかったことになるのに)

投げ入れた石が水面《みなも》に波紋を作るように、ふいに浮かんだ考えが全身を巡り気持ちを沈ませた。軽快な曲に合わせて踊っていたときは人々の熱気で汗を掻くほどだったのに、どこからか入り込んだ隙間風がルカの心をすうすうと冷やしていく。

自分の体を抱くように二の腕に手を置き、ルカは膝の上に顔を伏せた。そうやってしばらく目を閉じていると、やがて数名の足音が近づいてくる。

「ルカ？　どうした、人混みに酔ってしまったのか？」

声をかけてきたのはウィルフレッドだ。ルカがおもむろに顔を上げると、彼と一緒にダリルとニールも小路にやってきていた。ルカはわずかに口角を上げ、「ううん」と首を横に振る。

「平気。ちょっと疲れただけ」

「あんだけ踊りまくってたらそりゃ疲れるよなあ。ウィルフレッド様に付き合わされて大変だったんじゃないの？」

「えっ、俺のせいか……？」

ニールの軽口に逐一ウィルフレッドが本気で反応するのがおかしい。思わずふふっと笑い声を漏らすと、彼らは安堵したように肩の力を抜いた。二人とも自分を心配してくれていたのだろう。

良い人たちだな、と思う。活気のある街で、気の良い人々と楽しく過ごせている。

そんな些細な幸せが、ルカは怖い。

「踊り疲れたならちょうどいいな。もし良ければ、うちに寄って温かいスープでも飲んでいかないかと殿下に話していたところなんだ。あんたには腰痛に効く薬草を教えてもらった恩があるし」

ウィルフレッドの後ろで三人のやりとりを見守っていたダリルが、おもむろにルカの前に歩み出た。

ダリルからの誘いに、ウィルフレッドも穏やかな表情でルカを見やる。

「せっかくだからお邪魔しないか？　なかなか自由に外出もできない窮屈な生活をさせてしまっているから、この機会に街の人々とも交流を深めてもらえたらいいと思っている」

祭りに参加してみてはどうかと告げたエリスも、ダリルたちと食事をともにしようと誘うウィルフレッドも、すべてルカへの善意で提案してくれている。それをありがたく思う反面、重苦しい気持ちが腹の底に広がっていくのを感じた。

ダリルとニール、エリスに、彼の娘のシャーロット。彼らと過ごす時間は楽しくて、もっと引き延ばしたくなる。嬉しい誘いを受ければ喜んで了承したくなる。けれど彼らと親しくなればなるほど、近い将来彼らに余計な悲しみを与えることになると、ルカは長すぎる人生の中で痛感していた。

どこかで線を引かなければならない。心の距離が近づきすぎないように。

「今家にお邪魔したらすぐにでも眠っちゃいそうだから、僕は先に帰ることにするよ。誘ってくれたのにごめんね。ウィルフレッドはダリルさんの家でゆっくりしてきて」

三人と目を合わせないまま立ち上がったルカは、内面に渦巻く思いを朗らかな微笑みで隠し、極力明るい調子で告げた。断られるとは思っていなかったようで、ダリルとニールが顔を見合わせる。けれどそれ以上引き留めることはせず、ダリルは「そうか。気をつけて帰れよ」と頷いた。

祭りの最中は街中に警備兵が配置されていて、小路を歩き始めてすぐにルカと面識がある騎士に声をかけられた。「王城までの道を警護しましょう」という申し出にありがたく従う。

祭りの賑やかな雰囲気を遠くに感じながら、ルカは各地を転々とする中で、親切にしてくれた人たちの顔を頭に思い浮かべていた。五年前に住んでいた町の穏やかなパン職人、四年前に住んでいた村の物静かな木こり、三年前に住んでいた町の朗らかな夫人。

誰もが皆優しく、世話焼きで情に厚かった。けれどルカは彼らの誰にも別れの挨拶をしないまま行方をくらませた。マセクスタで気さくに声をかけてくれたハドリーとジェシカ、その娘のカレンにだって、本当はなにも告げずに町を去るつもりだった。

ルカが予言者だという噂が王弟の耳に届く前に姿を消したかった……という理由もあるが、下手に親しくなりすぎないよう距離を取る意味も大きかった。

(ダリルさんもニールも良い人だ。……それに、ウィルフレッドも)

だからこそ距離を縮めすぎてはいけない。彼らの仲間として認識されるべきではない。

他人と心を触れ合わせることは、ルカの孤独を浮き彫りにするから。

堀に架けられた跳ね橋を通り王城の正面までやってきたルカは、敬礼して持ち場に戻る騎士を見送った。このまま玄関から中へ入れば侍女たちが出迎えてくれるはずだ。

けれどふいに聞こえてきた声がルカの足を止めた。

『……の……とみは……ろ……、……の……みは……ろ……──』

秋風に乗って微かに耳に届く声は、なにかを歌っているようだった。年若い少女のようにも、慈愛に満ちた母親のようにも、落ち着いた老齢の女性のようにも聞こえる声。

ルカはきょろきょろと辺りを見回すが、玄関前に門番が立っているだけで女性の姿は見当たらない。空耳だろうか、と王城に入ろうとすると、引き留めるかのようにまた歌が聞こえてくる。

『……の森で……が待つ……の愛《いと》しい……の人……』

(森? って、前にウィルフレッドが案内してくれた森のこと?)

歌に導かれるようにルカは進行方向を変えた。王城を大回りし、城下町とは反対側にある森を目指す。門番に不審がられるかと思ったが、彼らはまるでルカの姿など目に映っていないかのように、正面だけを見続けていた。

『彼女の瞳は……の色……、彼女の髪は……の色……』

森が近づくにつれて歌声はどんどん鮮明になっていく。その歌をルカはどこかで聞いたことがあった。いつどんな状況で耳にしたのかまったく思い出せないのに、なぜか懐かしさを覚える。

もっと聞きたくて、歩く速度が自然と上がり、いつしか駆け足に近くなっていく。

(あと少しだ……、あと少しでこの男を……)

目の前に広がる森はインクをこぼしたかのように真っ暗だった。胸の内で漏らした言葉が誰のものか、ルカにはもう分からなかった。自分自身の考えだと思っていたのに、頭の中に響くのは森の奥から響く歌と同じ声だ。

闇に沈んだ森に向かってルカは躊躇《ちゅうちょ》なく駆け出した。直後に後ろから腕をつかまれる。

「ここでなにをやってるんだ、ルカ！」

血相を変えてルカを捕らえたのは、街にいるはずのウィルフレッドだった。彼の姿を認めた途端、強い光によって闇が晴れるかのごとく、森の奥から聞こえていた歌声がぴたりと止んだ。

一体どうして彼がここに、と思った瞬間、ルカの全身を覆っていた膜のようなものがすーっと引いていくのが分かった。ようやく冷静さが戻ってきたルカは、周囲を見回して困惑する。

「あれ……、僕、なんでこんなとこに……？　えっと、それにウィルフレッドも……ダリルさんの家でスープをごちそうになるんじゃなかったの？」

「君を追いかけてきたに決まっているだろう。明らかに様子がおかしかったルカを放っておけるわけがない」

いつになく語気の強いウィルフレッドにルカは戸惑った。うまく誤魔化せたと思っていたがばれていたのか……と思うと恥ずかしくなる。

それと同時にふつふつと出所が分からない憤りが湧いてきた。

「僕の様子がおかしかったってウィルフレッドには関係ないでしょ」

ルカは強引に腕を振りほどこうとするが、ウィルフレッドがそれを許さなかった。絶対に離すまいという意思を感じる力強さがますますルカを苛立《いらだ》たせる。

（この人が求めてるのは僕じゃないのに）

まだ見ぬ運命の人と出会うために奔走しているくせに、なぜ自分に優しくするのか。誰からも愛されているくせに、なぜ自分を優先するのか。

どの村や町で暮らしても、ルカはいつだって明るく、つかみ所がない飄々とした振る舞いをしてきた。怒りや悲しみといった感情が表に出ないよう、蓋をして心の奥底に押しやってきた。

それなのにウィルフレッドといると、目を逸らし続けていた気持ちに気づかされてしまう。

「もう放っておいてよ、僕のことなんか！」

自棄《やけ》になって声を荒げるルカに、ウィルフレッドが苦しげに眉を寄せた。つかんでいた腕を強く引かれたかと思うと、正面から強く抱き竦められる。

「ルカ。一体なにがそんなに寂しいんだ」

ウィルフレッドから逃げ出そうともがいていたルカは、耳に触れた言葉に動きを止めた。背中にひしと腕が食い込む中、ルカは呆然と天を見上げる。

驚きすぎて「どうして」と問うこともできないルカに、ウィルフレッドが呻くように漏らす。

「誰とでも仲良くなれるのに、君はあと一歩のところで一線を引こうとする。他人に頼ろうとせず、なんでも一人で解決しようとする。だがそのそつのない笑顔が、俺の目にはいつも寂しげに映るんだ」

切々と語られる言葉はルカの本質を的確に言い表していた。心の機微に疎いなどとよく自称したものだ。一人でも平気な振りをしながら、本当は誰よりも孤独に囚《とら》われているルカを、ウィルフレッドはきちんと見抜いていた。

ルカが繰り返し転生するこの世界では、誰もが同じ環境で同じ役割を持って生きていた。けれどルカだけはその役割がない。毎度違う場所に捨てられ、毎度違う親に拾われている。それはまるで、ルカという存在を押しつけあっているようだった。

前世では義理の親子として接していた相手も、親しくしていた友人も、次の人生が始まればまったく繋がりのない赤の他人になる。きっちりと配役が決められた物語の中に、突如として混じり込んだ異分子のように、ルカにはいつも居場所がなかった。

親しい人が自分の死に悲しむ姿を見たくないというのは本心だ。けれどそれと同じくらい、親しくしていた思い出をルカだけが抱えているのがつらかった。……誰かの特別になれないのが寂しかった。

感情の波は濁流となって、表に出ないように築いた壁を簡単に乗り越えてくる。込み上げてくる激情に顔を歪めたルカは、ウィルフレッドの肩を両手でつかみ、渾身《こんしん》の力で引き剝がした。

「……っ、だからなんだよ！　いくら心配そうな顔をしたって、ウィルフレッドもいつかは僕のことを忘れるのに！」

ルカの生まれ変わりの事情を知らないウィルフレッドには、なにがなんだか分からない話のはずだ。けれどウィルフレッドは混乱する様子を見せなかった。ルカの怯えをまっすぐに受け止め、熱が宿る琥珀色の目で一心に見つめてくる。

「俺は絶対にルカのことを忘れない」

揺らぐことのない宣言は気迫を持ってルカの心を震わせた。ウィルフレッドは肩に乗った手を取ると、その指先に口付けてくる。ルカの不安を少しでも取り除こうという、労《いたわ》りを感じさせるキスだった。

「ルカの、明るく振る舞いながらも時折翳を覗かせる姿から目が離せなかった。俺にもっと本当の君を見せてほしいと思っていた。……昔から、ずっと」

竜の初恋を捜すウィルフレッドに声をかけてから、まだ二ヵ月ほどしか経っていない。昔だなどと表現するのは大袈裟だ。それなのにウィルフレッドの言葉は不思議とルカによく馴染んだ。ああ、そんな風に思っていたのかと、すんなり納得している自分がいた。

ウィルフレッドはそっとルカの頬を手のひらで包むと、心の内を探るかのようにまじまじとルカを見た。ぽつ、と空から雫が落ちてきてルカの鼻先を濡らす。

ぱらぱらと降り出した雨に打たれながら、ウィルフレッドがおもむろに口を開く。

「……強気な言動で自分を覆い隠した君が、本当は繊細な人だということは、長い時間をともに過ごしていない俺にも伝わっている」

慎重に、なにかをなぞっているように感じる台詞は、ルカには当てはまらない気がした。けれどどこかで聞いた覚えがある。

戸惑うルカに、ウィルフレッドが眉を下げて苦笑を漏らした。赤い髪が雨に濡れ、彼の額に貼りついている。手を伸ばしてそれを払うと、近距離でウィルフレッドと目が合った。

「……雨は嫌いなんだ」

頭に浮かんだままの言葉をルカはぽつりと漏らした。ウィルフレッドも頷いて、ルカが濡れないように深く抱きしめ直した。

「奇遇だな。俺も雨は好きじゃない」

密着した胸が、腕を回された背中が、彼の首筋に触れた頬がじわりと熱を持つ。庇護《ひご》される安堵に、ルカは細く息を吐いてまぶたを伏せた。雨には嫌な思い出しかないのに、ウィルフレッドと抱き合っていると、髪や衣服がしっとりと濡れる感覚すら悪くないように思えてくる。

ウィルフレッドから逃げるなんてもう無理だ。彼のそばにいたいと、優しい目で見つめられ、大きな手で触れられたいと全身が求めている。

（……そうか。こういう感覚だったんだ）

もうすっかり忘れてしまった、一七五年の人生でたった一度だけ経験した切ない胸の震えを、ウィルフレッドの腕に抱かれながらルカは実感していた。

歌声が途絶えた森は真っ黒な口をぽっかり開け、身を寄せ合う二人を恨みがましく見つめていた。

王都の南側にある図書館は、神殿に併設されているだけあり、神の教えや魔物に関する蔵書が数多く並んでいた。無形の魔女について書かれた分厚い本もあり、持ち出し禁止のその本を読むためルカはここ数日図書館に通い詰めていた。

広い机に一人で座り、びっしりと書き込まれた文字を指でたどりながら読んでいたルカは、ある箇所で指を止めた。記されていたのは、無形の魔女が復活する周期についてだった。

魔女の封印は一〇〇年から一五〇年ほどの間隔で解ける。しかしそれは魔女が体感する時間の話だ。魔法によって時間を歪めることができる魔女は、一定の期間で世界を元の状態に戻し、数十年単位で何度も同じ時間を繰り返すという。

その記述を注意深く読んでいたルカは、とある単語を見た瞬間目の色を変えた。

〈かつて、三十年間の時間の繰り返しに巻き込まれた男がいた。彼は生まれてから三十歳までの人生を三回にわたって繰り返しており、先々に起こる出来事を言い当てることができた〉

(これ……、僕が何度も生まれ変わって人生を繰り返してるのと同じじゃないか?)

三回目から五回目の七十五年間を使い、己の身に起きている転生の謎を解こうと王国の各地を巡ったときですら、これほど有力な情報には出会えなかった。なにせ無形の魔女の話は多くの民にとってただの民話でしかなく、自分の転生に関係している可能性なんて想像もしていなかったのだ。

もしかしたら今度こそ、運命の命日から逃れる方法が見つかるかもしれない。込み上げる興奮を懸命に抑えながら続きに目を通したルカは、そこに書かれていた文章にギクリとした。

〈魔女の復活が近づくにつれ、男は不気味な声を聞くようになった。謎の歌声に誘われて魔女の封印場所に赴いた男は、数日後に遺体となって発見された〉

一定の期間を繰り返す人生。奇妙な歌声によって誘われた男。ありふれているとは言いがたい要素が、自分が経験したものと酷似していることにルカは戦慄した。

あの祭りの日、森に入って行くのをウィルフレッドに止められなかったら、自分は一体どこへ行くつもりだったのだろう。一五〇年前に、無形の魔女が通算四回目の封印をされたあの時計塔だろうか。

(あの歌声は魔女のものだったってこと？　僕が毎度同じ日に亡くなるのは、やっぱり無形の魔女が関係している……？)

歌声に聞き覚えがあったのは、過去の人生で魔女に会っているからかもしれない。そこで魔女がルカに歌を披露したのか――あるいは、歌自体が呪いとなってルカを縛ったのか。

唐突に浮上した可能性に混乱し、ルカは一度本を閉じて渦巻く思いを吐き出すように息を漏らした。自分の死の原因になると考え、避け続けていた王弟・ウィルフレッドと出会ってしまった。彼が無形の魔女を討伐するためにルカを呼び寄せたのだと知っても、近づいてきた運命の命日に気を取られ、協力する気持ちが湧かなかった。そもそも無形の魔女に関する未来を知らない自分では役に立てないと思っていた。

けれど己に降りかかる死の運命が、その無形の魔女によって定められたものだとしたら、もはや無関係とは言えない。むしろ無形の魔女の被害者はルカ自身だ。

(無形の魔女の討伐がうまくいけば、僕にかけられた呪いらしきものが解けたら、今世こそ二十五歳の誕生日を迎えられるかもしれない。……ウィルフレッドと、一緒にいられるかもしれない)

彼の姿を頭に浮かべただけで胸がぎゅっとしぼられるような心地になり、ルカはそこに拳を当てて俯いた。トクトクと脈打つ鼓動を感じながらルカはぼんやりと革製の表紙を見つめる。

祭りの夜にウィルフレッドに抱きしめられてから、ルカは「彼のそばにいたい」と願う己の心に気づいてしまった。

たとえ運命の命日を回避したとしても、無形の魔女の復活によりウィルフレッドが命を落としたのでは、明るい未来を歩むことなどできない。そうなれば涸《か》れることのない涙に暮れ、いっそ誕生日の前日に予定どおり命を奪ってほしかったと悔やむはずだ。

無形の魔女の討伐を少しでも手伝いたい。そんな気持ちで魔女について調べ始めたのに、まさか自分と魔女との繋がりに気づくことになるなんて。

(ウィルフレッドを守りたい。それに……、僕もこの人生をまだ終わらせたくない)

生きたいという情熱は、とうの昔に燃え尽きたのだと思っていた。運命の命日を回避できなかったとしても、次の人生を楽しめばいいと考えていた。

けれどウィルフレッドと出会い、彼の優しさと誠実さを知った今世をルカは諦められなかった。この先もウィルフレッドと一緒にいたい。彼と生きたい。体の奥底に灯《とも》った火種はやがて大きな炎となり、諦念に支配されていたルカを突き動かした。

最後に無形の魔女が封印された一五〇年前というと、ルカが最初に命を落とした年だ。

初代国王が魔女を討伐する命令を出して以降、幾度となく復活した魔女と戦ってきたブレイクリー王家。その血筋であるウィルフレッドと関わることで、運命の命日に必ず命を落とすルカ。

この三者にはなにかしらの繋がりがあるのではないか……とルカは考え始めていた。

椅子の足元に置いていた鞄に目を向けたルカは、その口を開けて中を確認した。かつては神の教えが書かれた経典だった、今は予言の書と化した一冊の本をじっと見つめ、ルカは決意を新たに腰を上げる。

司書に本を返したルカは、鞄を背負って出入口に向かい、警護についてくれた騎士と合流した。

騎士に送られて王城に戻ったルカは、モーリスにウィルフレッドの行方を尋ねるつもりでいた。けれど出迎えてくれた彼のほうから、「ウィルフレッド殿下が予言者様をお捜しです」と告げられる。

モーリスの指示どおり部屋で待っていると、ややあって扉をノックする音が聞こえた。いそいそと扉を開けると、ルカの姿を認めたウィルフレッドが目許をゆるめた。

「図書館に行ってたんだって？　なにか有益な情報は得られたか？」

「うん……、まあちょっとは」

どう答えたものか迷い、ルカは返事を曖昧に濁した。ルカの予言の力が転生によるものだと、ウィルフレッドにはまだ打ち明けていない。

ルカの死に自分が関わっていると知れば、ウィルフレッドは大きな衝撃を受けるだろう。魔女を討伐するための明確な方法が得られるまでは、彼を動揺させるような発言はしたくなかった。

「あ、これをウィルフレッドに渡そうと思ってて」

ウィルフレッドに会おうとした目的を思い出し、ルカはすぐそばにある棚に置いた鞄に手を伸ばした。中から取り出したのは、ルカが一七五年をかけて作った予言の書だ。

「これは……」

「僕が見た未来をまとめたものなんだ。新しい未来を見るといつもこの本に書き込んでた。僕に見えてる未来はあと二ヵ月後までだし、無形の魔女の討伐に役立つかどうかは分からないけど……良かったら使って」

二回目の人生が始まって以降、ルカは予言の書を肌身離さず持っていた。誰かに譲り渡したことなど一度たりともない。それでもルカは躊躇なく予言の書をウィルフレッドに差し出した。

「大切なものなんじゃないのか？」

予言の秘密が詰まった本を前に、ウィルフレッドが受け取っていいものか悩む様子を見せる。

「ウィルフレッドの役に立つならそれでいい。どんな未来を知っていたとしても、この王国が滅びてしまったらなんの意味もないんだから」

真剣な面持ちで告げるルカに、ウィルフレッドもまた表情を引きしめた。「ありがとう。この本をもとにエリスと魔女討伐の計画を練ろう」と言って両手で本を受け取る。その左手に細長い木箱が握られていることに気づき、ルカは目を瞬かせた。

「街でなにか買ってきたの？」

「ああ。注文していたものを受け取ってきたのだが、状況的にこの本のお礼のようになってしまうな」

予言の書を一時的に棚の上に置くと、ウィルフレッドは頭を掻きつつ木箱の蓋を開けてみせた。ルカの目に飛び込んできたのは、薄い鎖状の銀に翠色の石をはめ込んだ、簡素だが品のある首飾りだった。

「この石、僕の目の色と一緒だ……」

「エメラルドだ。控えめな大きさだが形の良いものが欲しくて、取り寄せるのに少し時間がかかったんだが、ルカに贈りたくてダリルに作ってもらった」

「え？　わざわざ僕のために？」

「ああ。三週間前の祭りで、ダリルが彫金の装飾品を販売していただろう？　それを見て、ルカの目の色に合わせた装飾品を作ってもらえないかと考えたんだ。お守り代わりに身に着けてもらえたらいいと思って」

銀は魔除けになるからと説明し、ウィルフレッドは控えめにルカの反応をうかがった。王弟という立場ではなく、ウィルフレッド個人で誰かに贈り物をした経験があまりないのだろう。

その物慣れなさを以前は微笑ましく思っていたのに、今はウィルフレッドと同じくらいルカもどぎまぎしてしまう。自分のことを考えて選んでもらえた贈り物がこんなに胸を震わせるとは思わなかった。相手が誰であっても同じではなく、ウィルフレッドだからこそ。

「嬉しい。ありがとう……、大切にする」

頬が微かに熱くなるのを感じながら、ルカは艶やかに輝く翠色の石を見つめ、素直に感謝の言葉を述べた。ウィルフレッドもほっとした様子で肩の力を抜く。そんな彼を前に自然と頬をゆるませながら、ルカは木箱の中に指を差し入れた。

「着けてみてもいい？」

「もちろん。……あ、いや、俺に着けさせてくれ」

ぱっと表情を輝かせてウィルフレッドは頷くが、すぐになにかを思い出した様子で慌てて訂正した。普段は剣を握っている無骨な指が、繊細な鎖をそっと摘み上げる。そばにあった棚に木箱を置くと、ウィルフレッドは緊張した面持ちで首飾りの留め具を外した。

てっきり背後に回り込むのかと思いきや、ウィルフレッドはルカの正面に立ったまま首の後ろに腕を回してきた。必然的に男らしい顔が目と鼻の先まで迫り、ルカの心臓はドッと激しく音を立てる。

甘く蕩《とろ》ける蜂蜜《はちみつ》を思わせる色の目は、間近で視線を合わせていられないほどの眼力を持つ。それを囲む赤色の睫毛は長く、ウィルフレッドの端正な容姿を彩っていた。職人が造り上げた彫刻のような鼻梁はまっすぐ通り、厚めの唇が思いのほかやわらかいことはルカの指先が誰よりも知っている。

（あ、まずい……）

祭りの夜に手の甲と指先に唇を押し当てられた記憶がよみがえり、ルカは平静を保てなくなった。彼の腕の中に閉じ込められる構図は、掻き口説かれて唇を奪われる寸前にも見える。

顔がひどく熱を持って、ルカは居たたまれなさからぎゅっと目をつむった。首飾りを着けてもらうというのはこれほど時間がかかるものだろうか。不慣れなウィルフレッドが手間取っているのか、ほんの少しの時間も待てないほど自分が緊張しているのか、ルカには判断できなかった。

「できたぞ」

囁く程度の音量で告げられ、ルカは睫毛を震わせながらようやくまぶたを開けた。ウィルフレッドとの距離はわずかに開いていて、ほっと胸を撫で下ろしつつ自分の鎖骨の辺りに目を落とす。

そこには繊細な造形の首飾りが凛《りん》とした佇まいで輝いていた。

「あ、ありがと……。その……、似合う？」

いまだ胸の高鳴りは収まる気配がなく、ルカは舌をもつれさせながらちらりとウィルフレッドに目をやった。視線がぶつかると、ウィルフレッドは堪えきれないといった様子で噴き出す。

「えっ!?　似合ってないってこと!?」

「違う違う、よく似合ってるよ。ただルカの顔があまりに真っ赤だから」

笑われたことへの衝撃で声を裏返らせるルカに、口許に拳を添えたウィルフレッドはおかしくて仕方ないとばかりに肩を震わせた。精悍な面立ちをゆるめてしばしルカを見つめたのち、おもむろに手を伸ばしてくる。

固い指先が頬に触れ、ルカはぴくりと肌を震わせた。顔に集まる熱を確かめるように手のひらを滑らせたウィルフレッドは、右手でルカの左頬を包み、蕩けるような眼差しを寄越してくる。

偶然手が触れ合っただけで焦っていた初心な王弟はもういない。目の前にいる男は、熱烈な視線に想いを乗せて、臆することなくルカにぶつけていた。

「俺の腕の中でそんな顔をするから、暴走しそうになって参った。せっかくニールから『首飾りはウィルフレッド様が着けること』と入れ知恵をされたのに、危うく紳士でいられなくなるところだった」

中指の先端が耳朶《じだ》を掠め、ルカは堪らず息を詰めた。蠟燭に火を灯していくかのように、ウィルフレッドに触れられた場所がどんどん火照《ほて》っていく。羞恥と緊張で俯くことしかできないルカに、ウィルフレッドがふっと笑い声を含んだ息をこぼした。

「喜んでもらえた……と、受け取っていいか？」

「ん……」

こくこくと頷くルカに、ウィルフレッドは「良かった」と漏らし、頬に触れていた手を後頭部に滑らせた。そのまま抱き寄せられ、戸惑う間もなく彼の肩口に額を寄せる体勢になる。

ルカの華奢な体をすっぽりと腕に抱いたウィルフレッドは、ちゅっと音を立てて頭頂にキスをした。

「可愛いな。ルカは本当に、可愛すぎて困る」

独り言のように漏らされた言葉には、深い慈愛とともに微かな色欲が滲んでいた。期待と不安が胸の奥で混じり合う中、ウィルフレッドは思いのほかあっさりと身を離した。

互いの間に入り込んだ空気が体を冷やし、ルカは思わず名残惜しげな視線を送ってしまう。

「こういうことには不慣れだと言っただろう？　こんな場所でそんな目を向けられたら、俺は本当に自分を抑えきれなくなってしまう」

苦笑するウィルフレッドに、ルカはカッと頬を燃やした。ルカの頭にぽんと手を置き、ウィルフレッドは「また会いにくる」と言って部屋をあとにした。遠退《とおの》く足音を聞きながら、ルカは扉に体の正面を向けたままへなへなと力なく座り込む。

森の前でウィルフレッドに抱きしめられてからというもの、彼は以前とは比べものにならないほど大胆にルカに迫るようになった。

ルカの一挙一動を愛しげに見つめ、時折ああやって髪を撫でたり抱きしめたりする。唇にこそされたことはないが、頭や手に口付けてくることもあった。そのたびにルカのほうが物慣れない反応をしてしまい、以前とは完全に立場が逆転していた。

(不慣れって、そんなの僕もだよ)

ウィルフレッドが言った「こんな場所」というのが、背後に置かれた寝台を意味していると気づき、ルカは胸の中央で拳を握った。親指の側面に冷たいものが触れ、彼から贈られた首飾りだと思い出す。過去にはルカに言われるがまま、王城から脱出する道具を贈っていたというのに、同一人物とは思えない成長具合だ。

ウィルフレッドと一緒に過ごす中で、ルカが彼に対する想いを変化させたように、ウィルフレッドもまた心境の変化があったのかもしれない。二人の間に漂う空気は、今や恋人たちが醸し出すそれと近しいものになっていた。

けれどルカがウィルフレッドほど積極的になれないのは、彼の心に住まうもう一人の想い人が気がかりだったからだ。

（運命の人を捜すために今まで結婚もしなかったのに……）

誰よりもまっすぐなウィルフレッドが、不誠実なことをするとは思っていなかった。運命の人に対する想いと、ルカへの好意を比べたうえで自分を選んでくれたのかもしれない。中途半端な気持ちのまま口説いてくるような男だとは考えていない。

けれどそれはあくまで現状の話だ。この先もし運命の人と出会ってしまったら、そのときに彼の気持ちがどんな風に変わるのかは想像もつかなかった。捜し求めていた人への恋情が一気に燃え上がり、ルカへの想いなどたちどころに消えてしまうのではないか。

（それならまだいい。一番怖いのは、僕がウィルフレッドの足枷《かせ》になることだ）

責任感が強いウィルフレッドは、他の相手に心を移しながらもルカに別れを告げることができないかもしれない。そう考えると、彼の想いに応えるのが躊躇われた。

ウィルフレッドの運命の人が自分であればいいのにと、おこがましい考えを持たないわけではない。けれどももし本当にそんな相手がいるのなら、今世に至るまでの間に出会っているほうが自然だ。前世の記憶がウィルフレッドにもうっすら残っているために、特定の相手を求めていると考えればなんとなく辻褄は合う。

しかしルカは一七五年も生きていながら、つい三ヵ月前に初めてウィルフレッドと出会ったのだ。

謁見の間で再会するまで、ルカは王弟の顔すら知らなかった。そんな状態で、自分こそがウィルフレッドが捜し求めていた相手だなどと思えるはずがない。

ウィルフレッドに想いを向けられる喜びと、本来彼と結ばれるべき人からその座を奪っている罪悪感で、ルカの胸中には複雑な思いがわだかまっていた。


窓の外に並ぶ色づき始めた木々を眺めながら、ルカは侍女たちを手伝って繕いものに勤しんでいた。最初は王城からの脱出経路を見つけるために始めた従者の手伝いだが、最近では彼女たちとのおしゃべりもまた楽しみの一つになった。

「ルカ様、そちらの首飾りは王弟殿下からの贈り物ですか？」

作業部屋の中で丸椅子に座り、従者たちの衣服のほつれを直していた侍女の一人が、ルカに向かって朗らかな笑みを見せた。鎖骨の真ん中で輝く翠色の石に触れ、ルカははにかみつつ頷く。

「うん。よくウィルフレッドからだって分かったね」

頬を淡く染めるルカに、円を作るようにして椅子を並べていた三名の侍女が、物知り顔で「ふふふ」と微笑みを交わした。

「実は王弟殿下からわたしたちに相談があったんです。ルカ様に装飾品を贈ろうと思っているんだけどどうだろうって」

「できあがった贈り物をお渡しに行かれる際もとても緊張したご様子でした。見守っていたわたししたちまでそわそわしてしまって」

「お部屋から出てこられた王弟殿下は心から幸せそうなご様子で、『喜んでもらえた、ありがとう』とお声をかけてくださいました」

キャッキャッと声を弾ませる侍女たちに、ルカはますます顔を赤くしてなにも言えなくなる。しかし同時に、胸に温かな思いが満ちていくのを感じていた。

（いつの間にか色恋にも動じない男になったな……って思ってたけど、ウィルフレッドだって緊張したりこっそり喜んだりしてたんだな）

四人のやりとりを耳聡《みみざと》く聞きつけた侍女長が、「王城の侍女ともあろう者が、王弟殿下のお話を勝手にしない！」と部下を注意するが、ルカは穏やかな気持ちで微笑むばかりだった。

バタバタと慌ただしい足音が近づいてきたのはそのときだった。

「シャーロット王女殿下がいらっしゃっていませんか!?」

作業室の扉が勢いよく開かれたと思ったら、モーリスが血相を変えて飛び込んできた。「いえ……」と侍女たちが困惑気味に首を横に振ると、モーリスは焦りも露わに眉間に皺を寄せる。

不穏な気配を感じ、ルカは堪《たま》らず腰を上げた。

「王女殿下がいなくなったのですか？」

「ええ……。座学の開始時間が過ぎてもお見えにならないので、お部屋までお迎えにあがったのですが、そちらでもお姿を確認できませんでした。今従者たちで王城内を捜索しています。国王陛下と王妃殿下は公務中、王弟殿下は神殿を訪問中ですが……このことがお耳に入ったら……」

いつもウィルフレッドにちくちくと小言を言っているモーリスが、今日ばかりは動揺を隠せずにいた。世話係として大事な王女を預かっているのに、その王女になにかあったら詫《わ》びるだけでは済まないはずだ。

とはいえ現段階では気まぐれで身を潜めている可能性もあるため、大事《おおごと》にするのは確かにまだ早い気もする。

「僕たちも手伝います」

今にもくずおれそうなモーリスに力強く声をかけ、ルカは作業部屋にいた侍女たちとともに廊下に飛び出した。王城の異変をエリスに悟られないように注意しながら、衣装室や食堂、寝室に、廊下に並んだ調度品の裏まで確認する。

それでもシャーロットの姿は一向に見つからず、ルカたちは焦りを募らせた。

(自分が姿を消せば騒ぎになるのは、シャーロット王女殿下も分かっていると思うんだけど……)

初めて顔を合わせた際になぜかルカに懐いたシャーロットは、頻繁に食事やお茶に誘ってくるようになった。王女としての教育の賜物《たまもの》か、六歳という年齢のわりにしっかりしている印象で、少なくとも悪戯心で隠れるような子供ではないように思える。

これだけの人目をかいくぐり、王城内で誘拐されるとは考えづらい。なにか失敗でもして落ち込んでしまい、人目に触れたくなくて身を潜めているのだろうか。うっかり高い場所から落ちて頭を打ち、気を失っているというような可能性はないか……。

あれこれ考えながら王城を駆け回っているうちに、ルカはとある広間にたどり着いた。すでに従者たちが捜したはずの部屋だが、庭園に面したガラス戸が開いていることに気づいて足を止める。

庭園を捜すために従者がここから外に出たのかもしれない。けれど妙に気になる。

なにげなく外に踏み出したルカは、噴水のそばに立つシャーロットを見つけ唖然とした。

思わず大声で名前を呼びそうになるが、どういう意図で庭園に潜んでいたのか分からない以上、下手に刺激するべきではないと思った。広大な庭園では遠くで忙《せわ》しなく従者が動き回っていて、自分を捜していることはシャーロットも分かっているはずだ。

さくさくと草を踏みしめて歩き、慎重にシャーロットと距離を詰めていくと、足音に気づいたのかシャーロットがゆっくりと振り返った。その顔に怯えは見られなかった。うっかり庭園で寝入ってしまったようにも見えず、ただ静かにルカを見つめている。

「こんなところでなにをされていたんですか？　シャーロット王女殿下」

責めている風に聞こえないよう、ルカは穏やかな調子を意識して声をかけた。自分の存在に気づかれても、シャーロットが表情を変える様子はない。それを妙だと思った。女の子らしくませたところはあるが、シャーロットはもっと感情表現が豊かだったはずだ。

すぐ目の前に立ったルカをじっと見て、それまで静かだったシャーロットが突然にっこりと笑んだ。子供らしく愛らしい、天使のような――それでいて魔性の女の艶めきも感じる不思議な笑顔だった。

「ルカ様。わたくし、とうとう見つけたのです」

「え?」

「ウィル叔父様の運命の人を」

前触れなく突きつけられた「運命の人」という言葉に、ルカは固いもので頭を殴られたような衝撃を受けた。

今までずっと見つからなかったのに、なぜこの状況で現れたのか。どうしてシャーロットがそれを知っているのか。様々な疑問が頭の中を埋め尽くし、ルカはどんな返事をするべきか分からなかった。

左の口角をわずかに上げ、くすりと笑ったシャーロットは、衣服の裾を翻して背中を向けた。

「運命の人のもとにルカ様を案内して差し上げます。わたくしについていらして!」

首だけ捻ってルカを振り返ったシャーロットが、はしゃいだ調子で告げた。次の瞬間には草地を蹴り、城の裏手に向かって無邪気に駆け出す。

「ま、待って!」

ルカは慌ててその後ろ姿を追いかけるが、六歳の少女とは思えないほどシャーロットは素早かった。低木や花壇の間を縫うようにちょこまかと逃げ回るので、いくら全力で駆けても一向に捕まえることができない。

息を切らして駆けるルカは、シャーロットが向かう先にあるのが例の森だと気づいた。王城の敷地から森へ続く道には二名の騎士が控えているが、シャーロットは彼らの間をいとも容易《たやす》く通り抜けた。

道の両側から慌てて腕を伸ばした騎士たちが、勢い余って互いの側頭部を打ちつけ、その場に倒れ込んでしまった。彼らの回復を待つ余裕はなく、ルカもその横を駆け抜ける。

「神殿にいるウィルフレッドを呼んで！　僕はこのまま王女殿下を追いかける！」

ルカの指示に騎士たちが「承知しました！」と後ろから返事を寄越した。そうこうしているうちにシャーロットが森に足を踏み入れてしまう。

鬱蒼と木々が生い茂る森の中では、少しでも気を抜くとすぐにでもシャーロットの姿を見失いそうだった。草を掻き分け、太い木の根を飛び越えて、ルカは懸命に小さな王女を追いかける。

（ちょっと前まで山を仕事場にしてたんだ。このくらいでへばる僕じゃないからな！）

自分を奮い立たせるように胸の中で告げ、疲れが溜まり始めた足を懸命に動かし続けると、唐突に視界が開けた。森の奥深くにあったのは、地面にぽっかりと空いた洞穴《ほらあな》だった。

その間際の場所に、シャーロットが背中を向けて立っている。

「シャーロット王女殿下!!」

額に汗を浮かべ、肩で息をしながらルカは必死に名前を呼んだ。長く走り続けていたせいで呼吸もままならず、肺がキリキリと痛む。けれど洞穴の深さがどれほどのものか分からない以上、そのそばにシャーロットを立たせてはおけない。

騎士たちを混乱させながら尋常でない速度で逃げ惑うシャーロットは、明らかに常軌を逸していた。このまま放置していればなにをしでかすか分からない。

もうすぐ肩に手が届きそうな距離まで近づいた瞬間、それまで動きがなかったシャーロットが唐突に身を翻した。不気味な薄ら笑いを浮かべるシャーロットの目は、叔父と同じ琥珀色とは似ても似つかない、鮮血のような赤に染まっていた。

『わたしの愛しい男を奪った盗っ人め、お前にはもはや次の人生を送る権利もない！　孤独に押しつぶされて野垂れ死ね！』

シャーロットの口から吐かれた呪詛《じゅそ》は、明らかに別人の声だった。様々な年代が入り交じった印象のその声を、ルカは聞いたことがある。祭りの夜にルカを誘った女の声だ。

シャーロットが地面を蹴り、背中から洞穴に身を投げる。同じく地面を蹴ったルカは、咄嗟に腕を伸ばしてシャーロットを抱き留め、真っ暗な洞穴に落ちて行った。

それは随分懐かしい記憶だった。

転生が始まる前、一回目の人生を歩んでいた二十四歳のルカは、修道士服姿で礼拝所裏の山に薬草を採りに向かった。青々とした空が頭上に広がる、気持ちの良い夏日だった。

確かこういう植物だったはず、と薬草の特徴を書き込んだ手帳を見ながら山を歩いていたルカは、どこからか男の呻き声がすることに気づいた。きょろきょろと辺りを見回して声の主を捜すと、木の幹にもたれて座り込む剣士を発見した。

年齢はルカと近く、青地に金色の装飾が施された鎧には王家の紋章が記されていて、王国に仕える騎士だと分かる。どこかで交戦したのか、騎士は額から血を流し、体のあちこちに怪我を負っていた。

『だ、大丈夫？　山を降りたところに礼拝所があるんだ。そこまで移動できれば手当てをしてもらえるけど……。あっ、動けないなら誰か人を呼んで運んでもらおうか？』

騎士のそばに膝をつき、ルカはおろおろしながらも気遣いの言葉をかけた。純粋に彼を心配しての行動だったが、ルカの声にゆっくりとまぶたを上げた騎士は忌々しげに舌打ちした。

『ペラペラとよくしゃべる修道士だな……。いい、俺のことは放っておけ』

ごく稀に町で見かける騎士は誰もが品行方正な印象だったが、目の前の騎士から返ってきたのは荒い口調のぞんざいな言葉だった。ルカは一瞬呆気に取られるが、彼の返事にカチンときたのも事実で、すぐさま鎧の胸に人差し指を突き立て眉を寄せる。

『こんな状態の人を放っておくなんて夢見が悪いでしょ。あなたが選ばないなら僕が勝手に決める。これからあなたを運べる体格の人を呼んで、医者に診せて手当てをしてもらって、それから王国の騎士団に連絡をする。仲間がひどい怪我で森に転がってましたよって』

まさか一介の修道士が騎士に楯突《たてつ》くとは思わなかったのだろう。彼は唖然とした様子で口を半開きにしたのち、ルカの顔をまじまじと見た。一向に態度を翻す様子のないルカに観念したのか、疲れきった様子の盛大な溜め息を漏らし、静かに口を開く。

『……極力人目につきたくない。騎士団に連絡されるのも困る。……誰にも知られない場所で君が手当てしてくれないか』

随分我が儘《わまま》な騎士だと呆れるが、彼の口調からは棘が抜け落ちていた。ルカに言い返す体力も残っていないのだろう。仕方ないな……と頭を掻いたルカは、体躯《たいく》の良い騎士に肩を貸してなんとか立ち上がらせると、長い間放置されている山小屋へ彼を連れていった。

薬草を煎じて薬を作るのは好きだが、医者ではないので正しい治療ができているかは自分でも判断がつかない。怪我が悪化して感染症にでもかかったらどうしよう、と心配したが、山小屋に通って看護するうちに騎士はどんどん回復していった。

『スープが薄い。パンが固くてパサパサする』

修道士用の食事をこっそり持ち出して山小屋に運んでいるというのに、簡素な寝台で過ごす彼は露骨に顔を顰めた。文句を垂れる元気が出たようでなによりだ、と全身に包帯を巻かれた男を眺めながら、ルカも黙っていられず応戦する。

『いいとこ育ちの騎士様は本当に我が儘が多いな！　無駄に舌を肥やしてるからこういう危機に困るんだ。せっかくだからちょっとは庶民の味を覚えて帰りなよ』

『こういうの、外に持ち出して平気なのか？　人数分だけ準備して修道士全員で食べきるものだと思っていたが』

『あまり人に懐かない生き物をこっそり世話してるって言って、調理担当にスープをちょっとだけ分けてもらってるんだよ。パンは僕の分を半分だけ残しておいてやってんの』

『……神に仕える者としてはなかなか自由奔放だな』

『礼拝所の前に捨てられてた僕を育ててくれたのは司祭様だからね。僕のこの性格が直らないのは分かってるから、結構好き勝手にさせてくれる……っていうか、半分諦められてるよ』

気ままな性格に育ったルカは、礼拝所での生活しか知らないわりにいまだに馴染みきれなかった。かといって、修道士を辞めて外に飛び出すほどの目的や情熱があるわけでもない。今の生活に薄ぼんやりとした違和感を抱きながらも、なにかを変える勇気も出ずに漫然と過ごしている。

ルカの言葉になにか思うところがあったのか、騎士は『ふうん……』と返事をしたきり口を噤んだ。彼はルカほどおしゃべりな性格ではなかったが、表面的な言葉で取り繕おうとしない姿勢はむしろ好ましかった。今までルカの周囲にはいなかった気質の男だ。

敬虔《けいけん》な修道士たちとの間になんとなく壁を感じていたルカは、彼のもとに通うのが楽しみになった。

食事に文句を言いながらも毎度きっちり完食し、ルカの手当てを黙って受け、苦い薬に眉を顰めながらも無言で飲み、彼は着実に体力を取り戻していった。怪我が治るとルカを手伝って一緒に薬草を採ったり、時折礼拝所の裏までやってきて薪《まき》割りを手伝ったりした。

彼がこの町で療養していることを誰にも知らせなくて本当にいいのだろうか……という点のみ気がかりだったが、彼は時折どこかへ伝書鳩を飛ばしていたので、自分でなにかしらの報告はしているのだろうと思った。

ある日、彼に手伝ってもらいながらルカが修道士たちとともに畑仕事をしていると、最近ちょくちょくこの町に顔を出す男がルカに声をかけてきた。いくつか年上の行商人で、一度挨拶を交わしてからというもの、なにかにつけて話しかけてくるようになったのだ。

『やあ、ルカ。今日も相変わらず美しいね。髪は艶やかだし、白い肌も滑らかで、小さな町の礼拝所でひっそり暮らすにはもったいないほどの人だ。こんな日が照る中で君に土仕事をさせるなんて、私だったら絶対にしないよ』

『はあ……』

頬を紅潮させて言葉を連ねる男に、ルカはぎこちない返事しかできなかった。修道士としての人生しか歩んでいなかった当時は、中性的な容姿に惹《ひ》かれて粉をかけてくる男たちを、どんな風にあしらえばいいのかよく分からなかったのだ。

畑のすぐそばで嬉々として語る男を、土埃にまみれながら丹念に雑草を抜いていた修道士たちが横目でうかがった。こんなとき、ルカはいつも居たたまれない気持ちになる。

決して生真面目な性格ではないものの、一応は神に仕える身でありながら男から色欲の対象にされている自分が、なんだかひどく浅ましい生き物のように思えた。……そんな風に、他の修道士たちから思われているのではないかと不安だった。

ただでさえ皆に馴染みきれていないのに、容姿のせいでさらに悪目立ちしてしまい、ルカの胸にはより一層の疎外感が降り積もった。

『確かにルカは綺麗《きれい》な顔をしているが、お前は行商人のくせにその部分しか目に入らないのか？』

困り果てたルカの近くにやってきたのは、つばの広い麦藁帽子を被った騎士だった。町に下りてくる際、彼はいつも容姿を隠すような出《い》で立ちをしていた。

突如として割って入ってきた彼に行商人の男がぎょっとした。ルカを守るように背中に隠すと、彼は不快感も露わに続ける。

『この畑で育てた野菜を使って、恵まれない人々に温かい食事を振る舞っているんだろう？　誰かのために汗水垂らして働く彼らの、その内面の美しさも分からないくせに、よく商品の売り買いなどできるな。人や物の真価が分からない商人とは、俺なら絶対に取り引きなどしない』

整然とした口調で言い募る彼は、騎士を務めていたためかルカまでギクリとするような気迫があった。下心を隠しもせずに声をかけてきた男は、たじろいだ様子であとずさり、『そ、そろそろ次の町に移動しないと……』と言い訳しながら逃げ出した。

初めての展開にルカはしばし唖然としていたが、腰に手を当て『二度と来るな』と眉を顰める彼を見ていると、無性におかしさが込み上げた。その勇ましい面立ちに対し麦藁帽子があまりに似合っていない。それだけでなく、心の底からほっとしたし嬉しかった。

『あははっ！　びっくりした～。あんな風に言い返してくれるとは思わなかったよ。それに、僕の顔について一応綺麗だとは思ってくれてたんだね？』

声をあげて屈託なく笑うルカに、彼は驚いた様子で目を瞬かせた。戸惑った様子で視線を泳がせたのち、照れくささを誤魔化すように咳払いをして『俺にだって美醜感覚くらいある』と言い返す。

『もっと角《かど》が立たない方法があるのかもしれないが、そんな器用なやり方は俺にはできなかった』

『いいよ。はっきり言ってもらえてすっきりした。ありがとう、嬉しかった』

素直に感謝の言葉を述べるルカに、彼はまた眉を寄せ麦藁帽子を深く被り直した。不機嫌に見えなくもない表情だが、耳が赤くなっている様子から、ただ気恥ずかしいだけなのだと悟る。

一見すると愛想がないが、本当は心優しい人なのだとルカは思った。そういった新たな一面を知ると、胸がそわそわして妙にはしゃいでしまう自分がいる。

二人のやりとりを、司祭や修道士たちは穏やかな表情で見守っていた。

その一件を機に、ルカと彼の距離は着実に縮まっていった。ある夜、礼拝所をこっそり抜け出して山小屋に行き、とりとめのないおしゃべりをしていると、彼がぽつぽつと身の上を語り始めた。

『俺には年の離れた兄がいるんだが、彼とはあまりうまくいっていない。穏やかな兄と俺はなにもかもが正反対で、俺のやることなすことすべてを兄と比較される。物心ついた頃からずっとそうやって生きてきたから、当たり前のように劣等感を拗《こじ》らせてしまった』

心ない言葉をかけてくるのは周囲の人間で、家族はおおらかな態度で接してくれたが、その優しさが余計に彼を惨めな気持ちにさせた。逃避するように剣術の腕を磨くことに没頭し、騎士として生きるようになってもなお、出自が邪魔をして騎士団の仲間から距離を取られる。

山の中で一人転がっていたのは、任務遂行中に上長の命令に背いて単独行動をした末、怪我を負って撤退したためだという。自分の身勝手さが原因だと分かっていたから、命の危機に瀕してもなお家族や騎士団に助けを求めることが憚られた。困ったときに助けを求めていい関係だと思えなかった。

どこにも心を預けられないまま、彼はずっと孤独に生きてきたのだ。

『……今ではもう、兄になにか言われるたびに反発せずにはいられない。兄が心を痛める様を申し訳なく思うのに、どんな風に接したらいいのかも分からない』

小さな山小屋の中心に置いた灯火を眺め、彼は苦しげに思いを吐露した。きっとそれなりに身分の高い人で、だからこそ周囲の思惑によって心を乱されてきたのだろうと想像がつく。

けれどルカは彼が自分から語った以上のことは詮索しなかった。事情を知らない相手だからこそ彼も素直な気持ちを打ち明けられるのだろう。

『僕には親も兄弟もいないから、頼っていいはずの人を頼れない苦しみはいまいち分からないけどさ』

橙色の光に顔を照らされ、ルカは目を眇めつつ口を開いた。生まれ育った環境に居場所を見つけられないまま生きてきたのは自分も同じだ。ルカが己の容姿のせいで疎外感を覚えていたように、彼もまた自分の出自という、努力では決して変えられないもので苦しんできた。

(そうか……、だから彼と一緒にいるのは心地が良いんだ)

お互い心の中に翳りがあり、属する集団があるのに常にぼんやりとした孤独を感じている。相手の痛みが分かるから、手を差し伸べたい、少しでもその心に寄り添いたいと思わずにはいられない。

『強気な言動で自分を覆い隠したあなたが、本当は繊細な人だってのは、ちょっとしか一緒に過ごしていない僕にも伝わってるよ。お兄さんを傷つけてることに傷ついてるあなたの優しさが、いつかちゃんと分かってもらえたらいいね』

そう言って微笑むルカに、彼は虚を衝かれたような顔をした。一度顔を歪めて泣き出しそうな笑みを見せたかと思うと、ふっと表情をゆるめて手を伸ばしてくる。くしゃっと髪を掻き混ぜるように撫でられ、温かな手のひらの感触に不覚にもドキッとした。

ルカは『なんだよーっ』とおどけた調子で笑ったが、初めて目にする彼の笑みが脳裏に焼きついて離れなかった。もっとこんな風に笑ってくれたらいいのに、と思った。こんな顔を、もっと自分に見せてくれたらいいのに。

そのやりとりをきっかけに、二人の間に流れる空気は急激に色合いを変えていった。互いが互いを必要とし、弱い部分に寄り添うような感覚を抱くようになった。漠然とした心許なさを感じて日々を過ごしていたルカも、彼との交流の中で心の隙間が埋まっていくのを実感していた。

ああ、自分はずっと寂しかったのだと、同じ孤独を抱えている彼との出会いによってようやく悟った。誰かにとってかけがえのない存在になりたいと、そんな願いを秘めていた自分に気がついた。

やがてその気持ちは、友情とはまた別の、切ない胸の軋《きし》みを覚える感情に変わっていく。彼もまた、ルカと見つめ合うと照れた様子ではにかむようになり、不器用な言葉の端々にどこか甘さが滲むようになっていった。自分たちは互いに同じ想いを抱いていると、そう悟るのに時間はかからなかった。

その事実に戸惑いを覚えないわけではなかった。今まで他人から好意を向けられても辟易《へきえき》するばかりだったのに、己の変化に誰よりもルカが困惑した。

けれど生まれて初めて感じる胸の高鳴りを、体中に溢れる幸福感を、代わり映えのない毎日が輝いている事実を、否定したくないとルカは思った。こんな日々がずっと続けばいいと願っていた。

しかし彼と出会って三ヵ月が経とうというところで、別れの日が訪れた。騎士の装備をまとった彼が、ルカのいる礼拝所にやってきたのだ。

『俺は一度、自分が暮らす街に戻ろうと思う』

ルカとの出会いによって彼の心にもなにかしらの変化があったのだろう。迷いなく告げた彼は、初めて会ったときのような疲れきった表情はしていなかった。覚悟を決めた男の顔で、瞳の奥に闘志を燃やしていた。

『やり残したことがあるんだ。トレーネスタンを……ルカが暮らすこの王国を守るために、もう一度俺はそれに向き合わなくてはならない』

すっかり秋も深まった中、初めて心を預けた人との別れは、ルカの胸に冷たい隙間風を吹かせた。神に仕える立場上、彼との恋が実らないことは分かっていた。それでも、彼と一緒に笑い合う日々のきらめきはもう戻らないのだと思うと、つらくて苦しくて、身が引き裂かれそうだった。

しかし祭壇の前で涙を堪えるルカの手を取り、彼は精悍な目許を綻ばせた。慈愛のこもった優しい笑顔に、ルカの目は釘づけになる。

『十一月中にすべてを終える予定でいるから、少しだけ待っていてくれないか。十二月になったら必ず君を迎えにくる。だから……もし俺を想ってくれているなら、そのときは俺と一緒に来てほしい』

ルカの不安を取り除くように彼は指先にそっと口付けた。温かくやわらかなその感触に、ルカの鼓動は早鐘を打つ。それが二人の、初めての触れ合いだった。

『好きだよ、ルカ。君が俺の、最初で最後の人だ』

彼の真摯な告白が心に染み入り、ルカは視界を滲ませた。声が震えてしまって、『ずっと待ってる』とだけ答えるのが精一杯だった。けれどその一言がすべてだった。

修道士を辞めようと思った。物心ついた頃から暮らしてきた礼拝所を離れ、修道士ではなく一人の男として生きていくことに、不安がないわけではない。けれど彼と一緒ならどんな道でも歩いていけるはずだ。誰よりも近くまで気持ちを寄り添わせた彼となら。

一方的に好意を寄せられることはあっても、自分もまた相手を想い心を通わせた経験はなかった。相手の好意に応えたいと考える日が来るなんて思ってもみなかった。

これがルカの、生まれて初めての恋だった。

彼が町を発ったあと、司祭や修道士たちにすべてを打ち明けると、彼らは温かく祝福してくれた。彼と出会ってからルカの表情が生き生きしてきたと、陰で噂になっていたらしい。彼との出会いを通して、勝手に壁を感じていた修道士たちとも随分打ち解けることができた。

来たる十二月に備えて、ルカはいそいそと旅立ちの準備を始めた。

けれど十二月に入っても、彼が町に戻ってくることはなかった。

みぞれ混じりの雨に打たれながら、ルカは来る日も来る日も礼拝所の前に立って待ち続けた。彼の姿が見えたらすぐに駆け寄れるように。僕もあなたが好きだと告げるために。

五日ほどそんなことを続けた末にルカはとうとう高熱を出して倒れた。ベッドにこもって数日寝込んだものの、体調は悪化の一途をたどり、とうとう司祭や修道士たちに看取られてこの世を去った。二十五歳の誕生日を迎える前日、十二月九日のことだった。

ルカにとってそれはとても大切な思い出のはずだ。しかし彼の記憶は大事な部分が欠落している。顔も、名前も、靄がかかったように思い出せないその人の夢を見たのは、この一五〇〇年で初めてだった。

目尻を熱い涙が伝い、ルカはゆっくりとまぶたを開けた。

目の前には見慣れた天井が広がっていて、いつの間にか王城の自室に寝かされていたのだと分かる。ベッドの横には丸椅子に腰かけたウィルフレッドがいて、組んだ手の上に額を乗せ、祈りを捧げるような格好でうなだれていた。

（なんだよ、森の入口ではあんなに格好つけてたくせに。あれ、僕の台詞だったじゃないか）

まだ夢の世界から戻りきってないらしく、脈絡なくそんな考えが浮かんだ。思わずくすりと笑い声を漏らすと、その音に反応したウィルフレッドが弾かれたように顔を上げた。

ルカが目を覚ましたことに気づくと、ベッドの縁に手を置いて身を乗り出してくる。

「ルカ……ッ、大丈夫か!?　痛いところや苦しいところは!?」

「平気。あちこち打ったみたいで正直に言えば全身痛いけど、でもそこまでひどくないよ」

シャーロットを抱えて洞穴に落ちたあと、すぐに全身に衝撃が走った。燃えるような痛みで気を失う寸前に見たのは、たった今飛び込んだ洞穴の入口だった。きっと深さはルカの身長の二倍程度だろう。腕や脚に固定の添え木がされていないところを見ると、骨は折れていないようだ。

ようやく完全に現実世界に意識が戻ってきたらしく、気を失った経緯が脳裏によみがえりルカは動転した。

「そうだ、シャーロット王女は!?　彼女が洞穴に落ちるのを見て、あとを追って飛び込んだんだけど……っ……」

慌てて飛び起きたせいで全身に痛みが走った。ひどい打撲のようだ。ウィルフレッドは宥めるようにルカの背中をさすり、それから落ち着いた口調で告げる。

「無事だ。ルカが身を挺《てい》して守ってくれたおかげで掠り傷一つない」

騎士から知らせを受け、部下を連れて森に入ったウィルフレッドは、どこからかシャーロットの泣き声が聞こえることに気づいた。たどり着いたのは森の奥にある洞穴で、ルカは全身に怪我を負って気絶していたが、彼と一緒にいたシャーロットは無傷だった。

シャーロットは王城から姿を消す前後の記憶がなく、気がついたら洞穴の中でルカの腕に守られていたらしい。王城に戻ってきてからも動揺のあまり泣きじゃくっているそうだが、ルカが目を覚ましたと知れば少しは安心するだろうとウィルフレッドは語った。

「そっか。怪我がなくて良かった」

可愛いシャーロットが痛い思いをせずに済み、ルカはほっと胸を撫で下ろした。そんなルカをじっと見つめ、ウィルフレッドがおもむろに手を伸ばしてくる。

布団の上に置いていた両手で右手を包むように握ると、ウィルフレッドは胸の中に溜め込んでいた不安を吐き出すように盛大な溜め息を漏らした。

「ルカも、無事に目を覚まして良かった。洞穴の中で意識を失っている君を目にしたときには背筋が凍った。本当に、……本当に、無事で良かった……」

しぼり出された声は掠れ、握った手は細かく震えていた。ルカが目を覚ますまでの時間を、ウィルフレッドが生きた心地がしない状況で過ごしていたのが分かる。それを申し訳なく思う反面、自分の無事を願ってくれる人がいる喜びに心が打ち震えた。

ドキドキと高鳴る胸に左手を置いたルカは、そこにあるはずの感触が消えていることに気づいた。

「あれ……、ウィルフレッドからもらった首飾りがない」

「ああ、洞穴に落ちた際に千切れたんだろう」

侍女たちとおしゃべりをしていたときは確かにあったのに、と焦るルカに、ウィルフレッドがあっさりと答えた。岩肌に激しく体を打ちつけたことを思えば、繊細な鎖が切れてもなんら不思議ではないが、頭では納得できても心がついていかない。

「ごめん、せっかくウィルフレッドが作ってくれたのに……」

露骨に落ち込むルカに、ウィルフレッドがふっと笑みをこぼした。

「気にしなくていいさ。元々お守りのつもりで贈ったのだから。ルカを俺のもとに帰してくれた代わりに、首飾りを持っていかれたのだとしたら、むしろこの上ない働きをしてくれたってことだろう?」

ウィルフレッドの穏やかな声を聞いていると、波立っていた心が不思議と凪《な》いでいく。

思えば出会った当初から気の良い男だと感じていた。彼から逃げないと、といくら理性が訴えても、彼の隣にいる居心地の良さが凌駕《りょうが》した。お人好しで、誠実で、色恋には不慣れだが、王族としての高潔な精神も持ち合わせる。そんな男を嫌いになれるはずがなかった。

この先も、彼の屈託のない笑顔を見ていたいと思った。できるなら、彼の隣で。

「ルカ」

ルカの翠色の瞳になにを見出したのか、ウィルフレッドが静かに名前を呼んだ。親指の腹でそろりと手の甲を撫でてから、より深くルカの手を握り直す。

「これからも俺は、君のことを考えて、君を笑顔にできる贈り物を考える。もっとたくさんの場所に連れ出して、美しい景色や心が躍るようなものを見せたい。君のいろいろな表情が見たいし、様々な感情を伝えてほしい」

「……うん」

真剣な、わずかに緊張が滲む声音に、大切な話をされていると察しルカも真摯に答えた。窓から差し込む穏やかな日差しが見つめ合う二人を暖める。

一五〇年前に彼《か》の人に想いを伝えられたときは、別れの寂しさと愛される喜びが一緒くたになり、大きな感動となって胸に迫った。けれど今この瞬間に感じるのは、じわじわと染み入るような温かな幸福だ。

「好きだ、ルカ。無形の魔女の討伐が終わっても、俺は君を手放したくない。唯一無二の恋人として、俺の隣にいてほしい」

宝石のようにきらめく琥珀色の目が、まぶしいものでも見るかのように眇められる。彼のその力強い双眸が細くなる瞬間がルカは好きだ。心の底から嬉しそうに綻ぶ顔が好きだ。

ウィルフレッドが好きなのだ。好きになってしまった。

とうの昔に諦めていた生きる希望を、彼に見出すくらいには。

「ずっとそばにいてくれる……？」

明るく笑おうとしたのに、思いのほか声が震えた。みるみるうちに視界に膜が張り、ルカは唇を嚙みしめて懸命に落涙を堪える。

それでも、あと一つだけ伝えようとしたら、呆気なくそれはこぼれてしまった。

「ひとりぼっちはもう嫌だよ……っ……」

情けなく顔を歪め、ルカは翠色の目から温かな雫を落とした。ウィルフレッドの手が伸びてきて濡れた頰を拭い、それでも涙が止まらないと知ると、目尻に唇を寄せて口付けてきた。何度も、何度も、深い慈しみを感じる優しい口付けをルカに贈る。

一五〇年もの間、一人だけ役割を与えられないまま繰り返される世界で生きることは、永遠の孤独

を与えられているのと同じだった。運命の命日も転生も、ルカにとって避けられない定めなのだと知り、足元が崩れていくような感覚がした。

ただ愛されたかった。誰かの特別になりたかった。……彼の特別になりたかった。

「一人になんかさせない。ずっとルカのそばにいる」

ウィルフレッドの声音は静かだが、不思議な力強さもあり、その宣言には確固たる芯が感じられた。いまだ涙が止まらないルカの前で顔を傾けると、ベッドに片手をついて唇を寄せてくる。

唇を触れ合わせる初めてのキスは、ルカのこわばっていた心を、甘く、優しく解いていった。

「……僕もウィルフレッドが好きだよ」

やわらかな感触が離れた隙に、ルカもそっと思いの丈を口にした。ウィルフレッドは精悍な顔を幸せそうに崩し、「離してやれなくなりそうだな」と言ってすぐさま二度目のキスを始める。ルカもまたまぶたを伏せてそれを受け入れた。

ウィルフレッドに、物心ついた頃から捜し求める「運命の人」がいることは知っている。

けれどルカは彼の言葉を信じたかった。目に見えない運命よりも、同じ時間を過ごしたことで育まれたルカへの愛を信じようと思った。

シャーロットの異様な行動は、無形の魔女によって操られた結果だろう。

ルカによるその証言で王城内は一気に緊迫感が増した。魔女との戦闘に用いられる武器の調達や、復活した際の地域別の避難計画の作成、封印されている時計塔に監視員を配置することなど、水面下で進んでいた討伐計画の動きがより速度を増した。

王城の裏手にある森に加え、アルヴァアの森とニールから報告があった「奇妙な声が聞こえた森」を調査したところ、とある共通点が見つかった。草地の一部が焦げた跡と、その周囲に藁屑《くず》が落ちていたのだ。

「強い魔力に触れた植物は一瞬のうちに高温になり焦げてしまう。藁屑は、自分の姿形を忘れた無形の魔女が頭髪の代わりにまとったものが、移動による震動でこぼれ落ちた……ってこと？」

ウィルフレッドの執務室で、艶のある革張りの長椅子に腰かけていたルカは、十数枚に渡る報告書を確認しつつ正面に座る部屋の主《あるじ》に目を向けた。

「ああ。ニールが言っていた森やアルヴァアは、焚《た》き火の跡かなにかだろうと踏んで焦げ跡に着目していなかった。藁屑なんてものもありふれているしな。だが王城の裏にある森では、その焦げ跡がまるで足跡のような形を作り始めていた。なんとなくそう見えるものから、足跡の主は女性だろうとはっきり分かるほど鮮明なものまで様々だ」

「無形の魔女の魔力が、徐々に強くなっていったことを表しているのか……」

ウィルフレッドの解説に、ルカは顎に指を添えてつぶやく。

魔女はニールに話しかけたときには、彼を誘導する力を持たなかった。アルヴァアの森では、今まで生えていなかった植物を新たに育てることに成功した。祭りの夜の時点では、歌声でルカを森に引き寄せられるまでに魔力を取り戻した。

そして一ヵ月前に起こったシャーロットの失踪騒動では、幼い子供に魔術を施し、一定期間ではあるがその体を乗っ取るまでになった。いまだ実体を現すには至っていないが、魔女が完全に復活する日が近いことは言うまでもなかった。

「僕が無形の魔女の復活について、もっと具体的な未来を示せたら良かったのに……。役に立てなくてごめん」

己の不甲斐なさに落胆し、ルカはしゅんと肩を落とした。

予言者などと言われているが、ルカはあくまで前世で見聞きしたことをもとに、悪い未来を回避できるに過ぎない。繰り返される転生の中で、無形の魔女に関係する未来を見てこなかった以上、大した協力ができないのは最初から分かっていた。

それでもやはりウィルフレッドの力になれないことが悔しい。落ち込むルカに、ウィルフレッドがふっと目許を和らげる。長椅子から腰を上げると卓を回り込み、ルカの隣に腰を下ろした。

「そんなことないさ。ルカから預かった予言の書が、討伐計画を練るうえで非常に役に立っている。この先起こる事件に魔女が関係しているのではないかと予測し、先回りして動向を探り、対策を講じられるようになった。なにかが起こるのを待つしかできなかった頃に比べると大きな違いだ」

ルカを慰めるように肩に腕を回してそっと抱き寄せ、けれどはっとした様子で「痛くないか？」と顔を覗き込んできた。洞穴に落ちた際の打撲はすっかり良くなったと言っているのに、過保護な恋人はいまだに壊れものを扱うかのようにルカに触れるのだ。

ルカは苦笑しつつ、「大丈夫だよ」と答えてウィルフレッドの肩に頭をもたせかけた。ウィルフレッドから漂う、男らしくも甘い香りにルカはうっとりと目を細める。香水を使っているわけではないと言っていたので、彼がまとう特有の香りなのだろう。

「それにしても、どうしてルカが見える未来はあと一ヵ月程度の時点で止まっているんだろうな。ルカが持つ予言の力がそこで尽きるということなのか？」

長い指で髪を梳《す》くように撫でられ、その心地良さに夢中になっていたルカは、ウィルフレッドの言葉で急に現実に引き戻された。指先からゆっくりと体が冷えていき、解けていた心をまた少しずつ凍《い》てつかせていく。

「さあ……、どうなんだろうね」

「まあ未来が見えなくなっても、ルカがルカであることには変わりないしな。案外気楽かもしれないぞ？　この先に起こることをなにも知らないというのも」

ルカが不安にならないよう励ましてくれているのだろう。軽い調子で笑ってみせるウィルフレッドに、ルカも「そうだね」と笑みを見せる。胸の奥で怯えが渦巻くことなど決して悟られないように。

繰り返される転生と運命の命日について、ウィルフレッドにはまだ伝えられていなかった。ただでさえ無形の魔女の復活が近づき、気が休まらない日々を過ごしているのだ。ルカの命が一ヵ月後に途絶えるかもしれないことまで打ち明けたら、ウィルフレッドはますます重責を背負うことになる。

予言の書が役に立ったとウィルフレッドは言ってくれたが、きっと討伐会議の場では、ルカが無形の魔女に関する未来をなに一つ予言できていないことを非難する者もいるだろう。恋人が責められるのはウィルフレッドだってつらいはずだ。

(僕の死にウィルフレッドが関係している謎だって、まだ解けてはいないし……)

ルカが巻き込まれている生と死の繰り返しが、魔女の呪いである可能性が高いことは分かった。とはいえ、二回目から六回目の人生で命を落とした原因に、なぜウィルフレッドが関わっているのかについては、いまだになんの手がかりもつかめていなかった。

妙なところで勘の鋭さを発揮するウィルフレッドのことだ。一つ秘密を打ち明けてしまえば、他にもなにか隠しているのではないかと問いただしてくるかもしれない。そうなったときに誤魔化しきれる自信がなかった。

恋人の死の原因が自分だと知り、衝撃を受けない人などいないはずだ。せめて自分と一緒にいるときくらいは、ウィルフレッドに心からくつろいでほしい。そう思っているからこそ、ルカは胸の内に隠した秘密を打ち明けられなかった。

まぶたを伏せて完全に身を預けるルカに、ウィルフレッドはいくつもキスを降らせた。位置を変えながら頭に二つ、体勢を変えて額に一つ、まぶたの上にそれぞれ一つずつ。

くすぐったさと照れくささ、それからじわりと湧き上がる喜びに、ルカは「ふふっ」と笑い声を漏らした。おもむろに目を開けると、甘い蜜を蓄えた双眸と視線がぶつかる。

「熱烈だね」

「こんなに可愛い恋人が腕の中にいて、触れずにいられる男なんて存在するのか？」

「……なんかちょっと言い方がいやらしい」

「い……っ」

顎の輪郭を指の腹でたどりながらルカが指摘すると、物慣れない王弟はさっと頬を赤らめた。その反応にルカはまた肩を揺らして笑う。

ウィルフレッドから愛の告白を受けてからも、二人はまだ体の関係を持っていなかった。洞穴に落ちた際の打撲の影響でルカが数日発熱し、しばらく痛みを抱えて生活していたのもあり、ウィルフレッドがより慎重になっているのだ。

その気遣いが嬉しい反面、ルカとしてはもう少し先に進みたい気持ちもあった。愛しい人と触れ合いたいという素直な欲求と、あとは残された時間への焦りだ。もし無形の魔女の討伐が間に合わなかったら、……間に合ったとしても運命の命日を回避できなかったらという思いが、ルカの心を急かす。

(駄目だったときのために、せめて思い出が欲しい……なんて)

我ながらうんざりするほど後ろ向きだ。けれど迫りくる死の恐怖を一人で抱える心には、支えが必要だった。愛した人に愛される喜びがあれば、きっと孤独や不安にも耐えられる。

「……俺は単純だから、そういう言い方をされると煽《あお》られているんだと思うぞ」

照れるばかりだった恋人の目に、ふいに火傷しそうな熱が宿ったと思ったら、顎を指で掬い上げられてしっとりと唇を重ねられた。眼前で赤色の睫毛が伏せられ、ルカも同じように目を閉じる。

啄《ついば》むようなキスを何度かしたのち、顔の角度を変えてウィルフレッドがより深く唇を繋ぎ合わせた。やわらかな皮膚がぴたりと密着し、唇を食《は》みながらその割れ目に舌先を這わせる。

唇の端から端までをぬめった先端がゆっくりと行ったり来たりする感触に、ルカは思わず吐息を濡らした。初心なのはルカもまた同じだ。

「ふ……っ」

唇の隙間から漏れた音が艶めいたことに気づいたのだろう。ウィルフレッドはルカの腰に腕を回し、より体を密着させた。彼の厚い胸板に手を置き、ルカも不慣れながら懸命に求める。

口付けに夢中になる二人を現実に引き戻したのは、コンコン、と扉をノックする音だった。

「……っ、どうした？」

「ウィルフレッド殿下、国王陛下がお呼びです」

慌てて体を離した二人に、扉の向こうからモーリスが声をかけてくる。「すぐ行く」とウィルフレッドが答えると、返事とともにモーリスの足音が遠ざかった。二人は安堵の息をつくが、甘い空気が一瞬にして吹き飛んでしまったことがおかしく、顔を見合わせてくすくすと笑い声を漏らす。

「時と場所を弁《わきま》えてくださいませ、王弟殿下」

「今のはルカが誘ったんだろう」

「僕はただ『いやらしい言い方をするなあ』って感想を述べただけですー」

「魔性の男か、君は」

別に僕だって経験なんかないし、と返そうかと思ったが、また気恥ずかしい空気が漂いそうなのでやめておいた。先に長椅子から立ち上がったウィルフレッドに手を差し出され、ルカも素直に手を重ねた。起こされて彼の隣に立ったルカの顔を、ウィルフレッドがまじまじと見る。

「最近よく眠れていないのか？」

「え？」

「目の下に隈《くま》ができている」

「ああ……」

自分の目の下をつついてみせるウィルフレッドに、ルカは慌てて同じ箇所を指の背で擦った。

「魔女の復活が近いんだと思うとなかなか寝つけなくて」

「……平気か？　一人で眠るのが怖いなら俺の寝室に来たらどうだ」

「城全体が緊迫した雰囲気なのに、王弟が恋人を寝室に連れ込んでるって聞いたら絶対良く思わない人が出てくるよ。あれこれ考えて緊張してるのはみんな一緒だから、あまり気持ちを波立たせるような真似はしないほうがいいと思う」

ウィルフレッドと触れ合いたい気持ちはあるが、公然と浮かれた言動をして彼の心証を悪くするのは避けたかった。ルカの言葉に、ウィルフレッドは叱《しか》られた犬のように「そうか……」と眉を下げる。

「僕は大丈夫だから、ウィルフレッドはもっと自分の心配をして。討伐計画に熱心なのはいいけど、あまり根を詰めすぎて倒れないようにしてよ？」

二人で扉の前まで移動すると、ルカはにこやかな調子で告げて恋人に手を振った。廊下に出てもう一度振り返ると、ウィルフレッドはなにか言いたげにしていたが、すぐに穏やかな笑顔で掻き消し、手を振り返してくる。

心配な気持ちはまだあるのだろうが、とりあえずは誤魔化せたようだ。ほっとして一人廊下を歩き始めたルカの耳許で、ふいに女性の囁きが聞こえた。

『他人の男を奪っておいてしおらしく振る舞うなんて。本当に狡猾《こうかつ》ね』

ビクッと肩を跳ねさせたルカは、勢いよく首を捻り周囲に目をやった。廊下は時折従者が歩くだけで、ルカの周りに人の影はない。分かっているのに、この不気味な声を耳にすると、誰かが話しかけてきたのかと確認せずにはいられなかった。

自室を目指し足早に廊下を進むルカを、なおもその声は責め立てる。

『分かっているでしょう？　彼には運命の人がいる。赤い糸で結ばれた、あなたじゃない別の人が』

『運命の人が現れたらあなたなんかすぐに捨てられる』

『それとも彼の優しさにつけ込んで恋人の座に居座り続けるのかしら？』

『そのときにはもう彼の心は離れているのにね』

『……惨めな人』

どんなに速度を上げても、まるで背中にぴたりと貼りついているかのようにその声はルカを追いかけてきた。前方から歩いてきた侍女が戸惑うほど蒼白な顔で自室に戻ったルカは、まとわりつく声を振り払うかのように勢いよく扉を閉めた。

『運命の人でもないくせに、彼を騙して弄《もてあそ》ばないで』

最後にもう一度現実を突きつけ、せせら笑いとともにその声は消えた。頭の中に直接語りかけられる感覚は、祭りの夜に森へ引き寄せられたときと通ずるものがある。

間違いない。――声の主は無形の魔女だ。

扉に背中を預けて荒い呼吸を繰り返したルカは、そのまま床にずるずると滑り落ちた。目に涙を浮かべて二の腕をさすり、細かく震える体を必死に温める。心も体も芯まで冷えて、今にも凍りついてしまいそうだった。

全身の怪我が癒えるのと引き換えに、ルカは年若い女性の幻聴に悩まされるようになっていた。

鈴を転がすような美しい声で、彼女はウィルフレッドの隣にいるルカを責め立てる。これもまた無形の魔女による魔術だろうか。だとしたらウィルフレッドに報告するべきだと思うのに、罵りの内容がそうするのを躊躇わせた。

ウィルフレッドに運命の人がいることをルカは知っている。それでもなお、ルカを選んでくれた彼の気持ちを、「一人にさせない」という彼の言葉を信じたかった。

けれどまだどこかで、ウィルフレッドが本当に出会うべき人から、彼を奪っているという罪悪感が消えなかった。

（僕がこの幻聴をウィルフレッドに伝えたら、僕が運命の人じゃないと証明することになる）

ウィルフレッドも勘づいているかもしれないが、真実を突きつけられたことで「やはりそうなのか」と落胆されるのが怖かった。運命の人が目の前に現れて心変わりをされるならまだしも、自分の口からわざわざ告げて関係をぎくしゃくさせたくはなかった。

（……どうせただの幻聴だ。他人に害が及ぶわけじゃないし、僕が我慢すればいい話だ）

床に手をついてなんとか立ち上がり、ルカはよろけながらも窓際に移動した。寝台に正面から倒れ込み、ぐったりと身を沈めて重たいまぶたを伏せる。

昼夜を問わず襲ってくる幻聴のせいで、もう随分と眠れぬ夜が続いていた。

どのくらいそうしていたのだろうか。扉をノックする音でルカは目を覚ました。

部屋の中はすっかり暗くなっていて、ウィルフレッドの執務室を離れてから随分と長い時間眠っていたのだと悟る。これでは夕食の時間も過ぎてしまっているだろう。ノックの主はモーリスだろうか。

ルカが食堂に現れないことで心配をかけたのかもしれない。

いまだ覚醒しきらないまま、ルカはのっそり寝台を降りると部屋に明かりを灯し、扉に向かった。

「ふぁい……」

「私だ。エリスだ」

寝ぼけ眼《まなこ》のルカに対し、扉の向こうから思いがけない名前が飛び出た。思考が停止したルカは、一瞬の硬直ののちすぐさま扉の取っ手に手をかける。

まさか、と思ったが、廊下に立っていたのは本物のエリスだった。横には配膳用の荷台が並んでいて、温かな湯気を立てる牛乳粥《がゆ》と、具材を細かくして煮込んだスープ、彩り豊かなサラダといった料理が行儀良く盛りつけられていた。その後ろからシャーロットがひょっこり顔を覗かせる。

「ルカ様、体調はいかがです？　夕食の席にいらっしゃらなかったと聞き、わたくしとお父様でお夕飯をお持ちしました」

「えっ、……ええええっ!?」

「ルカの顔色が優れなかったと侍女が話していてね。胃がもたれなさそうな料理を作ってもらったんだ。部屋に入ってもいいかな？」

「も、もちろんです！」

国王と王女が自ら料理を運んでくるなんて異例中の異例だ。ルカが慌てて扉を大きく開ける中、エリスが上機嫌で取っ手をつかみ、荷台を押しながら室内に入ってきた。シャーロットは主に対する侍女のように「失礼いたします」と優雅なお辞儀まで披露する。

どうやら普段は決して体験できない業務を味わえるのが楽しいらしく、エリスはいそいそと卓に食器を並べ始めた。ルカが「自分でやります」と訴えても聞かず、「私たちに任せて」と片目をつむる。

そのそばでシャーロットもちょろちょろと動き回り父の手伝いをした。

父子の微笑ましい光景に、最初は恐縮していたルカも徐々に緊張が解れていく。卓に料理が並ぶ頃には、もうなんとでもなれという気持ちになっていて、エリスが引いてくれた椅子に素直な気持ちで腰かけた。食器を手に取り、できたての料理を食べ始める。

牛乳粥もスープも、ルカを労る優しい味がした。あっさりしたサラダは食欲が減退していても問題なく食べられる。

味もさることながら、二人の気遣いがなによりもルカの心を和ませた。成り行きで王城に住むことになったのに、ここにはルカの体調を心配し、心を尽くしてくれる人がたくさんいる。その事実が、不眠と不安で荒《すさ》んでいた心身に優しく染みていく。

「どうかな……？」

「お口に合いまして？」

同じ卓に着いていたエリスとシャーロットが、おずおずとルカの反応をうかがった。ルカに贈りものをした際のウィルフレッドを彷彿《ほうふつ》とさせる様子に、ルカは口許を隠して肩を震わせた。正反対の兄だと言っていたけどそっくりじゃないか。そう思うとおかしくて仕方ない。

「とってもおいしいです。最近あまり寝つけずにいたのですが、今夜はゆっくり休めそうです」

朗らかな顔で会釈するルカに、二人は嬉しそうに顔を見合わせた。エリスは一度扉のほうをちらりと見て、「先にお部屋に戻っていなさい」とシャーロットに告げる。

「ルカ様の体調が良くなりましたら、またお茶会にご招待しますわね」

にこにこと笑むシャーロットの愛らしさに癒やされ、扉の外に消える後ろ姿を見送っていると、正面に座るエリスが「さて」と口を開いた。その一言で、場の雰囲気が変わったことをルカは悟る。

「ルカ。君にとってウィルフレッドは、不安を打ち明けられない恋人だろうか？」

単刀直入に切り込まれ、ルカはどんな反応を示すのが正解か分からなかった。素知らぬ顔で流そうかと思ったが、ウィルフレッドと同じ琥珀色の目がそれを許さない。彼よりも年上な分、エリスのほうがより抜け目ない印象だ。「知」の兄と呼ばれるだけある。

「いえ……。殿下のおかげで、僕は身に余る幸せを与えていただいていると思います」

「幸せだが、不安で夜も眠れない？」

慎重に返したルカに、エリスがすぐさま問う。

「……その幸せが怖いのです。本来僕が手にしていいものじゃないのではないかと」

誤魔化せないなと悟り、ルカは覚悟を決めて打ち明けた。「話してくれ」と促され、ルカは胸に秘めていた思いを口にする。

自分はウィルフレッドが捜し求めていた人とは違うこと。それでもウィルフレッドが自分を選んでくれたことを嬉しく思う反面、運命の人ではないとはっきりと告げずにいる現状が、ウィルフレッドを騙しているようで心苦しいこと。……けれど、それを伝えて失望されるのも怖いこと。

「殿下が……ウィルフレッドが好きです。だからこそ苦しい。自分が幸せを得るために、彼の本当の幸せを奪っているようで」

額に手を当てて俯き、ルカは声を震わせた。自分に自信がないだけだと本当は分かっている。ウィルフレッドを幸せにできるのは自分だと言いきれれば、ルカを罵る謎の声にも決して心を弱らせたりしなかったはずだ。

けれどこの世界に爪弾《つまはじ》きにされ続けてきたルカは、どうしてもあと一歩のところで尻込みしてしまう。「運命」はずっとルカの敵だったから。

「私が『運命の人』の話をしたから、ルカを不安にさせてしまったんだね」

申し訳なさそうに告げるエリスに、ルカはふるふると首を横に振った。ウィルフレッドと一緒にいると、それだけで運命の人の話題に触れる機会が多くあった。エリスからでなくともいずれは耳に入っていたはずだ。

ルカの言葉に静かに耳を傾けていたエリスが、そっと椅子から腰を上げた。怯えるルカの隣に立ち、優しく背中を撫でてくれる。ウィルフレッドよりはほっそりとした印象の、けれど彼と同じように温かな手だと思った。

「ルカ。運命とは一体なんだろうね？」

穏やかな口調で問われ、ルカはゆっくりと顔を上げた。そんなこと、今まで考えてもみなかった。

「逃れられないもの、ですか……？」

「そう思って、君は今までどんな未来を見てもすべて従ってきた？　抗《あらが》おうとしたことは？」

「……、……あります」

居住地を転々としながらも、その先々で不幸が待ち受ける人がいれば、極力助言を与えて救おうとした。中にはうさんくさいものを見るような目を向けられたことや、気味悪がられたこともあったが、目の前の人に手を差し伸べようとすることをやめなかった。

「私はね、運命は自分で切り拓《ひら》くものだと思っているよ。調子を崩しやすいこの体では王の務めはできないと周囲に言われても、弟をはじめとしたたくさんの人の支えを得て今までやってきた」

静かに語られた内容にルカは思わず顔を上げた。こちらを見て微笑むエリスは、慈愛の心で民を導く偉大な国王そのものだが、この六年の間になんの苦労もなかったわけではないらしい。

その悔しさを、悲しさを、エリスは自らの足で乗り越えてきたのだ。ウィルフレッドと一緒に。

「運命が恐ろしいなら自分の手で変えてごらん。運命がうらやましいなら自分の手でつかんでごらん。自分こそがウィルフレッドに相応《ふさわ》しいのだと胸を張って、彼の隣に立てるように」

揺らぐことのない言葉はまっすぐルカに届き、怯えていた胸の中心に突き刺さった。この言葉を己の支柱にしろと言われているような気がした。

ルカは自分の生みの親を知らない。兄弟がいたのかも定かではない。けれどきっと、兄がいたらこんな感じなのだろうと思った。

「君もそう思うよね？　ウィルフレッド」

込み上げる感動にルカが胸を詰まらせる中、エリスが急ににっこり笑ったかと思うと、扉に向かって声をかけた。「え」とルカが困惑の声を漏らすと同時に、扉がゆっくりと開けられる。その向こうからやってきたのは、気まずそうに頭を掻くウィルフレッドだった。

「い、いつからそこに……っ！」

仰天したルカが勢いよく立ち上がったせいで、椅子が倒れてガタンッと大きな音を立てる。

「最初からだよね。あ、でもちゃんと聞こえるようになったのは、シャーロットが扉を少しだけ開けたまま退室したところからかな？」

「……俺の可愛い姪《めい》は本当に賢い子だよ」

慌てふためくルカの前で、エリスは飄々とした調子でウィルフレッドに顔を向けた。どういうことだ、とうろたえるルカに、茶目っ気たっぷりに人差し指を立てて説明する。

「弟から初めての恋人について、『なにか悩んでいるようだが俺には打ち明けてくれない』なんて相談を受けたら、兄としてはやはり動かずにはいられなくてね。つい張り切ってしまったよ」

つまりエリスはルカの本音をウィルフレッドに聞かせるために、わざわざ従者の真似事までして部屋を訪れたらしい。話の流れから考えるに、シャーロットも協力者の一人なのだろう。なかなか食えない父子だ。

予想していなかった展開にルカが頭を抱える中、エリスが「あとは二人でよく話し合って」と機嫌良く告げて立ち去った。静まり返った部屋にルカとウィルフレッドだけが残される。

なにからどう説明したらいいんだ……と悶々とするルカに、ウィルフレッドが大股でずんずん近づいてきた。顔を上げたときにはもう目の前にいて、ルカが口を開くより先に正面から抱き竦められた。

「ウィル……ッ」

「すまなかった。ルカが俺の『運命の人』の件で、そんなにも苦しんでいたなんて知らなかった」

痛いほどに背中に食い込む腕に息が詰まった。けれどルカを抱く男がそれ以上に悲痛な声を出すものだから、胸に迫る感情に飲み込まれ抗議などできなくなる。「エリスから聞いていたんだな」と耳許で囁かれ、ルカはこくりと頷いた。

ルカを腕の中に閉じ込めたまま、ウィルフレッドはそれからしばらく口を閉ざした。やがて意を決した様子でそっと身を離すと、両手をルカの肩に置き、美しい双眸に強い意思を宿して告げる。

「俺は、ルカこそが俺の運命の人だと思っている」

ウィルフレッドの言葉の意味を、ルカはすぐには理解できなかった。口を薄く開いて呆然と立ち尽くすルカに、ウィルフレッドは真剣な面持ちで続ける。

「自分でもなぜかは分からないが、物心ついた頃からずっと、俺には迎えに行かなければならない人がいると確信していた。俺が生涯愛するのはその人だけ……。相手の名前も、容姿も、性別すら分からないのに、そんな自分の考えを信じて疑わなかった」

王族でありながら柔軟でおおらかな家族に恵まれたうえ、王太子である六歳上の兄が早々に婚約者と入籍したことが幸いし、第二王子であるウィルフレッドに身を固めるよう迫る者はいなかった。

しかしそれはあくまで身内からの話だ。貴族の中には独り身を貫くウィルフレッドに眉を顰める者もいたし、変わり者だと陰口を叩かれることも少なくなかった。

それでもウィルフレッドは己の信念を決して曲げなかった。たった一人の運命の人だけを捜し求めていた。無形の魔女が復活する兆しを知り、運命の人よりもまずは翠眼の予言者を見つけ出さなくてはならないと、掻き集めた情報をもとに向かった田舎町で出会ったのがルカだった。

「山の中で初めて会ったときから、不思議な懐かしさを感じていた。君の弾むような声を聞いて妙に胸がそわそわした。謁見の間でようやくその顔を目にしたとき、稲妻に打たれたかのように衝撃が走った。この人をずっと捜していた……そう思った」

「う……、嘘だ……」

ウィルフレッドは真摯《しんし》な言葉で説明しようとしているのに、喜びよりも混乱のほうが遥《はる》かに大きく、ルカは動揺のあまり首を横に振ってしまう。それでもウィルフレッドは決して言葉を止めようとしなかった。自分の運命を確信しているとでもいうように。

「運命の人についてなんの情報も持ち得ないまま漠然と捜していたのに、ルカと出会ったことで不思議とどんな人だったか記憶がよみがえるようになった。ルカの発言をきっかけに、俺の想い人も同じことを言っていたなと思い出し、その人が口にしたのと同じ言葉をかけることでルカの様子をうかがったこともあった」

そんな風に試されたことなどあっただろうか。「し、知らない」とルカはまたもや首を振りかけて、胸の奥に引っかかる記憶に気づいた。なんだろう。確か初恋の人の夢から覚めた直後に、不思議と愉快な気持ちが湧き上がってきたことがあったような……——。

戸惑うばかりのルカに、ウィルフレッドが焦れったそうに眉を寄せ、ぐっと奥歯を噛みしめた。

「俺の運命が君じゃ嫌か？」

そんなはずはない。むしろ自分こそが彼の運命の人であればいいとどれほど願ったか分からない。

それでも素直に喜べないのは、「運命」は自分の敵なのだとずっと思い込んでいたことと、説明しきれていないもう一つの確証があるからだ。

「だって……だって一七五年も生きてきたのに、前世でウィルフレッドと会ったことなんか一度もない……！」

半ば叫ぶようにして告げたルカに、ウィルフレッドが「一七五年……？」と訝しげな顔を見せた。しまった、と口を噤むがすでに遅い。彼の琥珀色の瞳には不思議な迫力があって、言い逃れを許さなかった。

「僕は予言者なんかじゃない。……同じ世界で七回目の人生を歩む転生者だ」

もう隠し通せない。そう観念し、ルカはすべてを打ち明けた。

何度も繰り返し生まれてきた世界で、ルカ以外の人間が同じ人生を歩んでいたこと。その中でルカにだけなんの役割も与えられていないことに疎外感を抱いていたこと。転生の原因を突き止めようとした三回目から五回目の人生。それを諦めて希薄な人間関係を求めるようになった六回目の人生。

そして、二十五歳の誕生日前日……あと一ヵ月もしないうちにルカが命を落とすことと、その要因にウィルフレッドが関係している可能性についても。

「そんな………」

まさかこれほど現実離れした事情を抱えているだなどと、さすがのウィルフレッドも想像していなかったのだろう。唖然とするウィルフレッドにルカは苦笑を漏らす。

「信じてもらえないかもしれないけど、全部本当のことなんだよ。ウィルフレッドに渡した予言の書は、僕がこの一七五年で見聞きした王国内の情報をまとめたものだ」

ルカの説明に、ウィルフレッドは顎に手を添え、「そんなことが……」と漏らす。二回目の人生以降、ルカは白紙になった経典の先頭から順に出来事を綴り、次の人生が始まるとその続きのページからまた新たに書き始めていた。当然時系列順になどなるはずがないが、二十五年周期の記録だと言われれば確かに納得する並びだろう。

「理由は分からないけど、僕は一五〇年前に無形の魔女の呪いを受けてると思う」

図書館で読んだ無形の魔女についての記録に、自分と似た立場の人について記されていたこともルカは告げた。今もなお、魔女と思われる声に苛《さいな》まれていることも。

「無形の魔女の討伐に成功すればルカの呪いも解けるかもしれないと、そういうことか？」

「分からない……けど、多分」

「だったらなおさら無形の魔女を討伐しなければならないな。俺と一緒に魔女の呪いを解こう。二十六年も捜し求めてようやくルカに会えたんだ。運命の命日だかなんだか知らないが、魔女になんかル清々《すがすが》しさを覚えるほどはっきりした物言いに、ルカは言葉を失った。

運命の人に対する自分の直感も、ルカの言葉も、ウィルフレッドには少しも疑う余地がない様子だった。あまりに一本気な姿勢にルカのほうが戸惑いを覚える。

「どうしてこんな無茶苦茶な話を信じてくれるの……？」

「え？」

「運命の人の話だって、僕はウィルフレッドと前世で一度も会ったことがないって言ったじゃないか。それならやっぱり僕じゃなかったんだなって思わないの？」

ルカを選んだのは間違いだったと、ウィルフレッドに失望されるのが怖かった。けれどすべてを伝えても、ウィルフレッドは失望するどころか、運命の人であるルカと結ばれようと決意を新たにするばかりだ。

不安に揺らぐルカの瞳を見つめ、ウィルフレッドは凜々しい目許をやわらかく綻ばせた。

「俺は王族に生まれながら、『俺には運命の人がいるはずだ』という直感を信じて疑わなかった男だぞ？　自分の考えを棚に上げて、そんな荒唐無稽な話は信じられない……などと言うと思うか？」

ルカが好きになった、守りたいと思った太陽のような笑顔を輝かせ、ウィルフレッドは力強く言った。その意思の強さがまぶしくて、ルカは思わず目を眇める。心の奥底から込み上げてくる感情が胸に広がり、まぶたの裏を熱くさせた。

「俺は信じている。どうしようもなく君に惹かれた自分の心を。君が打ち明けてくれたすべての言葉を。ルカが言ってくれたんだ。俺が思う真実に向かって突き進めば、いつかそれがちゃんと『正解』になっていくからと」

ルカは口にした覚えのない台詞だというのに、ウィルフレッドは自信に満ち溢れた顔で語った。きっとまた彼の言うところの「運命の人がかけてくれた言葉」なのだろう。

なんだよそれ、と思うが、拗ねたりふてくされたりする気持ちにはならなかった。だって目の前のまっすぐすぎる男の顔には、「間違いなくルカの言葉だ」とはっきり書いてある。

眉を下げ、困ったように笑いながらルカはぽろぽろと涙を落とした。

もう完敗だ。根負けした。

ウィルフレッドが言うのならそうなのだろう。今世で彼と初めて会ったのだとしても、彼の台詞に聞き覚えがなくても、ウィルフレッドが言うのならルカこそが彼の運命の人なのだ。

「本当、我が儘が多い王弟殿下だな……」

肩口に額を寄せるルカを受け止め、ウィルフレッドがゆったりと背中を抱いてきた。とめどなく溢れる涙はただ温かくて、ルカに幸福を実感させる。好きになった男が、自分への愛を疑わない幸福を。

ルカの頬に手を滑らせたウィルフレッドが、わずかに距離を取って顔を覗き込んできた。掠めとるような口付けをしてから、鼻先が触れ合う距離で熱のこもった視線を寄越す。

「愛してるよ、ルカ。生まれたときからずっと君だけを求めていた。やっと出会えたんだ、もう絶対に離しはしない。ルカのことは必ず、命に替えてでも俺が守る」

温かく、それでいて力強い宣言に、ルカはやわらかく微笑みながらこくりと頷いた。この人の愛を疑うことはもうしない。決して魔女に屈せず、二十五歳の誕生日を彼とともに迎えようと、ルカもまた固く誓った。


その夜、ルカは自室の客間で、ウィルフレッドの腕に抱かれながら眠った。

互いに寝間着に着替えてベッドに潜り込むと、ウィルフレッドは口許を手で覆い隠して斜め横に視線を反らし、「目に毒だな……」とこもった声で言った。ルカとしてはそういう流れになっても良かったのだが、いきなりはまずいとウィルフレッドのほうが拒んだ。

「男同士の情事は色々と事前準備が必要らしい。香油もなしに体を拓《ひら》こうとしたらルカに怪我をさせてしまう」

「それ、わざわざ調べたの？　えっ、どうやって？」

「えっ……、……聞いたんだ。男の恋人がいる知人に……」

「……せめて王城で暮らす人じゃないことを祈ってるよ」

人目に触れる場所では節度ある距離を保っているはずなのだが、ウィルフレッドとルカの仲はどうしてか従者たちにも周知の事実だ。想いを通わせる前にウィルフレッドが侍女たちにあれこれ相談したのもあり、公言したわけでもないのにルカは当たり前のように恋人として扱われている。

彼らの中の誰かに相談したとしたら、ウィルフレッドが誰を抱くつもりなのか丸分かりではないか。気恥ずかしさから頭まで布団を被るルカに、ウィルフレッドが「大丈夫だ！　城下町に出たときに聞いた！　従者じゃない！」と慌てて否定した。それはそれで城下町に行きづらいだろ、と内心で突っ込みつつ、なんだか気が抜けてルカは笑ってしまう。

色気よりも和やかな空気が満ちて、そのまま部屋の明かりを落とし身を寄せ合った。ウィルフレッドの腕を枕にして、反対の腕で体を抱かれたまま眠りに就く。

ぐっすり寝入っていたはずのルカが目を覚ましたのは、夜もすっかり更けた頃だった。

『……いで……おい……、……しい人……――』

どこからともなく聞こえてきたのは、聖女のような清らかな歌声だった。鈴を転がすような、と表現するのが正しい年若い女性の声。

最初はもう一度まぶたを伏せて眠り直そうと考えていたルカだが、気にしないようにしていてもどうしてもその歌声を拾ってしまう。誰だろう……と霞《かすみ》がかった頭で考え、ルカは覚醒しきらないままむくりと身を起こした。

すやすやと寝息を漏らすウィルフレッドの腕をそっと下ろし、音を立てないように注意しながら慎重にベッドを抜け出した。カーペット敷きの床を裸足《はだし》のまま歩いていき、扉の前まで移動する。

ルカは寝ぼけ眼で扉にぴたりと耳をつけ、声の主を探ろうとした。その途端に歌声は止んでしまう。待てども待てども歌は再開せず、ルカは焦れったくなって扉を開けた。いまだ夢の中にいるかのような、ふわふわした感覚だった。

扉の先に広がる廊下は闇に沈んでいた。普段であればどこかしらの燭台《しょくだい》に火が灯っているのだが、今は一つも明かりが見当たらない。歌声どころか人の気配すら感じられず、ルカは不思議に思って自室から顔だけ出し、左右を見回した。

『……おいで……おいで……、愛しい人……』

あの歌声が再び聞こえてきたのはそのときだった。廊下に出たためか今度ははっきりと歌詞が聞き取れる。もっとその歌を聞きたくて、ルカはおもむろに廊下に足を踏み出した。

その瞬間、階段で足を踏み外したかのように、ルカの体が前方にぐらりと傾いた。

(落ちる……!)

助けを求めて咄嗟に伸ばした腕を、前方から伸びてきた青白い手がガッチリとつかんだ。ぎょっとするルカの眼前に、闇の中から木彫りの仮面が浮かび上がる。子供の落書きのような画風の、複数のペンキで乱暴に描かれた不気味な顔がそこにあった。

『とうとう捕まえたぞ、盗っ人め。今度こそ確実に殺してやる』

キンキンと甲高《かんだか》い金切り声のようにも、低くしゃがれた老婆のようにも聞こえる声で、その女は言った。無形の魔女だ、と気づいたときには、ルカは闇の中へ引きずり込まれていた。

睫毛を震わせながらゆっくりと目を開いた先に見えたのは、初めて王城にやってきた際にエリスが腰かけていた玉座だった。背後にある縦長のガラス窓から外の薄明かりが漏れていて、幾分か暗闇に目が慣れてきたこともあり徐々に部屋の輪郭が見えてくる。

体の下には深紅の絨毯が敷かれていて、ルカは自分が謁見の間に身を横たえているのだと気づいた。けれどそこは妙に冷え冷えとしていて、見慣れた王城とは明らかに雰囲気が異なる。

床に手をついておもむろに体を起こしたルカは、部屋の中央に立って辺りを見回した。

『目が覚めたのね、憐《あわ》れな子』

背後から突如として聞こえてきた声に、ルカは弾かれたように振り返った。暗がりからゆらりと姿を見せたのは、ボロボロにほつれた黒の衣服をまとい、仮面を被った女だった。

足元には藁屑がこぼれ落ちていて、物語の中で描かれていたとおりの姿にルカは息を飲む。

「無形の……魔女……」

『そう呼ばれているみたいね。芸のない名前だわ、ちっともわたシに相応しくナイ』

長くしゃべっていると魔女は時折声を裏返らせた。その声の印象も聞くたびにころころと変わる。年代が違う複数の女性の声を混ぜて、無作為に抽出しているかのようだ。

『あぁァア、長かったわあァ。彼を想い続けテどれほどの年月が経ったことでシょう』

衣服の袖から青白い腕を覗かせ、無形の魔女は顔の前で手を組み祈るような格好をした。かかしを彷彿とさせる出で立ちでありながら、腕だけが折れそうに細い女性のもので、寄せ集めの体と生々しい人間の腕の対比が異様な気味の悪さを醸し出している。

本能的な恐怖に、ルカは全身が冷えていくのを感じた。体が細かく震え、上下の歯がぶつかってカチカチと音を立てる。

それでも必死に己を奮い立たせ、ルカは喉奥で凍りついた声をしぼり出した。

「お前が僕に呪いをかけたのか。二十五歳の誕生日前日に必ず命を落とし、同じ世界にまた生まれ直す呪いを」

声を掠れさせながらも懸命に問うルカに、無形の魔女はぽかんとした様子で仮面の顔を傾けてみせた。けれどすぐに合点がいったようで、腹の底からゲラゲラ笑い声を漏らす。耳をつんざくような、不快感を覚える声が謁見の間に響き渡った。

『なあァんでわたしがあなたを生き返ラせなきゃイけないの？　あなたなんかスぐ殺すつもりだったわよ。一五〇年前、わたしからウィルフレッドを奪っタあなたを』

「……どういうことだ？」

唐突にあがったウィルフレッドの名前にルカが動揺を表すと、魔女は呆れた声で『馬鹿な子ねェ』と言った。けれどすぐに、『ああ、わたしの呪いで思い出せないのカ』と納得したように漏らす。

『全部知っててすっきりシてから死にたいだろうから教えてアげる。一五〇年前、わたしを封印したのはウィルフレッドなの。わたしの愛しいウィルフレッド・ブレイクリー』

驚愕に目を見開くルカに、魔女はまるで恋人の話でもするかのように意気揚々と語り始めた。

一五〇年前に三度目の復活を遂げた魔女は、王都を中心に人をさらいその精気を奪っていた。けれど二人ほど喰らったところですぐに騎士団に隠れ家を突き止められ、激しい戦いが繰り広げられた。その一員だったのが、剣術に秀でた王弟・ウィルフレッドだった。

『ウィルフレッドの剣はすごかったわァ……。復活シたばかりとはいえ、すでに人間の精気を取り込んでいたわたしをアッという間に追いつめたんダもの』

恋に落ちた瞬間を語るような口振りで、魔女はうっとりとした声を漏らす。

無形の魔女もまた死力を尽くして応戦した。強力な魔術で森を燃やし、雷を落として、騎士団に大きな打撃を与えた。戦力の立て直しを図るため団長は一時撤退を命じたが、ウィルフレッドだけが指示を無視して魔女を一人深追いした。

結果、ウィルフレッドもまた全身に怪我を負い、戦線離脱を余儀なくされた。

『一五〇年前のウィルフレッドはそれはもう血の気ガ多くてね。堪らなかったわァ……、他人になんか決して心を開いたりしない、自分は一人でも生きていけるって考えてる顔。一度はわたしを捕り逃したけど、また絶対に追いかけてきてくれるッて分かってた』

無形の魔女もまた、ウィルフレッドによって受けた傷を回復するために休まなくてはならず、王城の裏に広がる森に身を潜めた。王国と敵対する魔女がまさか王都にいるなどと誰が考えるだろう。騎士団が王国中を駆けずり回って無形の魔女を捜す間、魔女はゆっくり体を休めることができた。

しかしながら三ヵ月後、再び無形の魔女を討伐しにきたウィルフレッドは、以前会ったときとは雰囲気が変わっていた。闘志を燃やす顔には、守るべき者を見つけた男の覚悟が宿っていた。

『アア、彼は恋をしたのネってすぐに分かった。とーっても嬉しくてはしゃいだワ。だって恋をした男はそれだけでわたしに弱点を晒シているようなものだもの』

無形の魔女は魔術によって、男が恋をした相手の女と瓜《うり》二つに容姿を変えることができた。好いた女と同じ顔と声で甘く囁き、魔力を載せた歌声で魅了すれば、どんな男も魔女の言いなりになる。

そうなればあとは隠れ家に連れ帰って愛でながら、じっくり精気を奪うだけだ。全身の体液を抜かれたような、干からびた遺体が足元に転がるまで。

『……けれどウィルフレッドの好いた女の姿と声に、わたしはなれなかっタ』

歌うように語っていた無形の魔女が、突如として声から感情を消した。

恋をする男の頭の中を覗き、相手の顔と声を見ることができる無形の魔女は、ウィルフレッドが想いを寄せる者についてもすぐに確認した。華奢で肉づきが悪いが、その中性的な雰囲気が魅力となっている子だと思った。そこまで考えて魔女ははっとした。

この者の姿に、自分は絶対になれない。

無形の魔女が姿形を似せられるのは女だけなのに、ウィルフレッドが愛したのは男だったからだ。

恋をする女の顔で魅了でもしない限り、ウィルフレッドほどの腕の剣士とやり合うことは難しい。

想う相手を絶対に守ると決めた様子の、鬼気迫るウィルフレッドに追いつめられ、無形の魔女はとうとう森の中に建つ礼拝所横の時計塔に封印された。体の中心を剣で貫かれて。

心臓を突き刺し、仮面を剝《は》いで粉々に割れば討伐も可能だったが、魔女との戦いで生憎《あいにく》ウィルフレッドも致命傷を負っていた。自分の命と引き換えに魔女の身動きを封じ、神官によって時計塔に封印させるのが精いっぱいだった。

こうして無形の魔女は目をつけた獲物を初めて取り逃した。その邪魔をしたのはたった一人の男だった。明るい茶色の髪と、翠色の目を持つ、ウィルフレッドが恋をした男によって。

憎悪の炎を燃やした魔女は、封印の間際に最後の力を振りしぼり、ウィルフレッドが愛した男に呪いをかけた。七日以内に命を落としたうえで、二度とウィルフレッドと巡り会えないようにと、魂ごと消滅させて生まれ変わりすら許さぬつもりだった。

しかし忌々しいことに、その呪いすら完全な状態ではかけられなかった。邪魔が入ったのだ。神々しい光を放つ、無形の魔女とは対極の世界にいる存在――すなわち〝神〟によって。

ウィルフレッドが愛したのは、よりによって神に仕える修道士だったのだ。

『……もう分かるわヨね？　ウィルフレッドが愛した修道士が誰なのカ』

表情が変化しないはずの木彫りの仮面は、禍々《まがまが》しいほどの威圧感を放っていた。話の流れから察する結論に、ルカは目を見開いたまま呆然と立ち尽くす。

一五〇年前にウィルフレッドが恋をしたのは、他ならぬルカだった。

魔女が漏らした言葉から考えるに、恐らくルカは呪いの影響によって記憶の一部が消されている。

思い出せないだけで、ルカとウィルフレッドは前世のどこかで出会っていたのだ。

『あなたを殺したいわたしと、あなたを救いたいカミサマ？　って奴の力は拮抗《きっこう》シてねえ。あなたが死んだ年齢、死んだ日にわたしの呪いで必ず命を落とすのダけど、カミサマの救いによって必ず転生しちゃうの。わたしがもう一度ウィルフレッドと出会うために時間を閉ざシたこの世界で』

その言葉に、ルカは図書館で調べた無形の魔女の記録を思い出した。無形の魔女が時間を歪ませ、自分の意のままに繰り返すという説は本当だったのだ。

唐突に口を閉ざした無形の魔女は、作りものの顔をおもむろに上向けた。仮面に描かれた目が見ているのは半円型の天井だろう。そこには騎士が無形の魔女と交戦する様子が描かれている。

『でもねエ、それももう終わり』

ルカに顔を向けた魔女は静かな口調で告げた。

『わたしの呪いは一五〇年で完結するの。そしてカミサマの救いの手が届くのモ一五〇年間でおしまい。呪いを受けた憐れなお姫様、あなたは呪いの期日までにわたしを完全に消滅させない限り、魂ごと消え去っテこの先の未来もすべて水の泡』

「……どういう意味だ？」

『本当に鈍い子ねエ。今世を最後に、もう二度と転生なんてできないって言ってるのヨ。あなたの魂が跡形もなく消えたあとに、わたしは一人残されたウィルフレッドをゆっくり味わうつもりだっタ』

けれど、と無形の魔女は低い声で言った。地を抉《えぐ》るような、怒りに震える声で。

『最後の人生になって急にウィルフレッドと近づいたうえに、図々シく恋人にまでなりやがって！　あと一ヵ月もお前らの蜜月を見せつけられるのかと思うと吐き気が込み上げてくるんだよ、このクソ忌々しい盗っ人めが！』

突如として半狂乱になった無形の魔女が、衣服の腹部を突き破るようにして勢いよく氷の矢を飛ばしてきた。ルカはすんでのところで左に避け、攻撃から身をかわす。床にぶつかった氷の矢はバキンッと音を立てて真っ二つに割れた。

その硬質な音にルカはゾッとした。あの矢で心臓を貫かれたりしたらひとたまりもない。

『殺してやる！　殺してヤる！　なにが運命の人だ、ウィルフレッドはわたしのものなんだよ‼』

無形の魔女は背中を仰け反らせて絶叫し、体のあちこちから氷の矢を発射した。ルカは必死になってそれを避けながら、謁見の間を離れるべく出入口に向かって駆け出した。

（ウィルフレッドが僕を運命の人だと言っていたのは間違いじゃなかったんだ）

死に物狂いで無形の魔女から逃げつつ、ルカはウィルフレッドの言葉を思い出していた。

物心ついた頃から「自分には運命の人がいる」と確信していたのは、一五〇年前の記憶がウィルフレッドの魂に少なからず残っていたためだろう。当人であるルカと巡り会ったことで、その記憶が徐々によみがえってきたのだ。

それなのにルカは、自分が思い出せないからといって彼の言葉を否定してしまった。

（ウィルフレッドはずっと信じてくれていたのに）

息を切らしながらルカは王城の中を駆けて行く。モーリスや侍女が行き来する廊下も、和やかな雰囲気が漂う食堂も、庭園に続く広間も、どこもかしこも今は人の気配がなく闇に沈んでいた。王城と同じ構造であるものの、ここはきっと無形の魔女が作り出した異空間なのだろう。

懸命に逃げ惑うルカの後ろを、無形の魔女が地面から拳二つ分浮いた状態で追い回してきた。動き続けている腕や脚は徐々に重くなり、肺にはキリキリと痛みが走る。つらい。どこかで休みたい。身を隠せる場所はないだろうか。まっすぐに延びた廊下を駆けながらルカは考えた。

そうやって無形の魔女から意識が逸れた瞬間、飛んできた矢の一つがルカの太股を突き刺した。

「あ……ッ……！」

鋭い先端が肉を裂き、ルカは焼けるような痛みに顔を歪めた。角を曲がってすぐのところにある部屋に咄嗟に飛び込む。書き物をするための机、簡易的な話し合いに用いられる二脚の長椅子と、その間に脚の短い卓が設置された部屋は、ウィルフレッドの執務室だった。

「は……っ、はあっ……は……」

すぐさま扉を閉めたルカは、施錠をして床に倒れ込んだ。四つん這いの体勢で背中を上下させ、肺に酸素を取り込む。空気はキンと冷えているのに、ルカの体だけが異様に熱を持ち、肌にはじっとりと汗を掻いていた。走り続けたことによる発汗と、太股の痛みによる脂汗が混じる。

白の寝間着は、太股の部分だけが真っ赤に染まっていた。

(気づくな。入ってくるな。ほんの少しの時間でいい。この空間から抜け出す手段を思いつくまでの間でいいから……）

床を眺めたまま懸命に祈るルカの背後で、無情にもカチャリと鍵を開ける音が鳴った。すぐさま体を反転させるが、疲れと痛みで脚に力が入らず尻もちをつく格好になる。

執務室の扉がゆっくりと開き、その先にいた無形の魔女が高らかな笑い声をあげた。

『残念だったわねエェ。追いかけっこはここでおしまいみたいヨォ』

侵入してきた魔女から少しでも距離を取るべく、ルカは床に尻をついたままじりじりと後退した。けれど背中にぶつかった卓によって行く手を阻まれてしまう。

魔女は二歩分距離を取ったところまで近づくと動きを止め、ルカの全身を観察した。追いつめた獲物が震える様を、獰猛な狼が舌舐《な》めずりをしながら眺めるように。

『可哀相なお姫様。誰にも見つけてもらえない永遠の闇の中を、一人寂しくさまよいなサい』

無形の魔女の腹部に光るものが見えた。先ほどルカの太股を裂いた矢で、今度は心臓を貫くつもりなのだろう。もしくはあえて急所を外し、長くいたぶったうえで殺すのかもしれない。

一度怪我を負ったことで、死への恐怖がより現実味を持ってルカを襲う。床に置いた拳を震わせながら、ルカは己の命運もここまでなのだろうと悟った。

（運命の命日まではなにがあっても死なないと思ってたけど、そんなことなかったみたいだな）

二十五歳の誕生日前日までは身の安全が守られていると高をくくり、無謀な行動をしていた頃の自分に教えてやりたい。苦笑とともにまぶたを伏せたルカの脳裏に浮かぶのは、初めて会ったときのウィルフレッドだった。

一人で山を歩くと危ないと注意したルカに、ウィルフレッドは「そういう君はいいのか？」と朗らかに笑った。最初から彼は気さくでおおらかだった。庶民にも分け隔てなく接してくる男が王弟だなどと、一体誰が想像するだろう。

だからこそルカは、彼から逃げ出そうとしなかった。一五〇年のときを経て、ウィルフレッドと再会することができた。

（せっかくウィルフレッドに会えたのに、ずっと僕を捜していてくれたのに、ここまでなのか……？）

悔しさに唇を結ぶルカの前で、ギッと弓を引く音が聞こえた。説明がつかない空間が広がっている魔女の体内から、今まさに矢が発射されようとしているのだろう。

身を襲うであろう衝撃に備え、ルカが奥歯を噛みしめた——そのときだった。

「ルカから離れろ！」

頭の中に浮かべていた人の声が室内に響き渡り、すぐ目の前でダンッと大きな音が鳴った。驚いたルカが目を開けると、見慣れた赤髪の男が、ルカに背中を向ける形で魔女の前に立ちはだかっていた。ルカの部屋で脱いだ衣服に、革のブーツだけを身に着けた格好のウィルフレッドは、間髪を入れず踏み込むと右手に持っていた長剣で魔女の胴体を切り裂いた。

『あああアァあア‼』

地の底から揺れるような断末魔の声が執務室を震わせた。インクのように真っ黒な血が背後に飛び散り、魔女の体が斜め方向に切れて真っ二つになる。ドシャッ！　という音を立て、魔女の胴体が床に転がった。

「大丈夫か、ルカ！」

慌てて身を翻したウィルフレッドがルカの横に跪く。ウィルフレッドは赤く染まった寝間着を目にすると、ルカ以上に悲痛な面持ちで眉間に皺を刻み、慎重に下衣を捲《まく》って怪我の具合を確認した。上衣を脱いで躊躇なくそれを切り裂き、太股に強く巻いて止血する。

処置をしてもらっている間、ルカはウィルフレッドの後ろに転がる無形の魔女の亡骸《なきがら》に恐る恐る目をやった。斬られた直後はビクビクと痙攣《けいれん》していた胴体が、今は完全に動かなくなっている。仮面と藁の頭部も力なく転がっていて、この状態だと本当にただのかかしのように見えた。

魔女は死んだのだろうか。討伐は無事完了したと考えていいのか。

「遅くなってすまなかった」

指先をルカの血で染めながら、ウィルフレッドが苦い顔で言った。助けにきてくれたんだ……と今になってようやく実感が湧いてくる。

「どうやってここに入れたの？」

「魔女が歩き回った跡に藁屑が落ちていて、それをたどったら城の裏の森に着いたんだ。そこからは焦げた草が目印になって、最終的に時計塔にたどり着いた」

「魔女を封印したっていう、あの？」

「ああ。足元のレンガが崩れている部分から、赤い光が漏れ出ていた」

試しにそこに手をかざしてみると、まるで石を投げ入れた水面のように、周囲の景色がぐにゃりと歪んだ。やがて目の前に広がったのは、執務室で無形の魔女が今にもルカに襲いかかろうとしている場面だった。

ルカを助けないと。その思いでウィルフレッドが必死に手を伸ばすと、水の中に腕を突き入れたような感覚があった。異空間の執務室に引きずり込まれたウィルフレッドは、ルカと無形の魔女の間に着地した。そこからはルカが目にしたとおりだ。

「騎士たちも招集して時計塔に向かったんだが、あとに続いてこないところを見ると、俺以外は中に入れなかったようだな」

執務室の中をきょろきょろと見回しながらウィルフレッドは言った。

「一五〇年前に無形の魔女を時計塔に封印したのはウィルフレッドだからね。ウィルフレッドだけは特別な力が働いたのかもしれない」

「……、え⁉　それは一体どういうことなんだ？」

ウィルフレッドが混乱するのも無理はない。図書館で読んだ本にも、一五〇年前に無形の魔女を封印した人物について「王家であるブレイクリー一族の一人」としか書かれていなかった。それが自分だなんて想像してもいなかっただろう。

「帰ったら色々説明するよ」

ウィルフレッドの肩を借りながら微笑むルカに、彼は感極まった様子で顔を歪めた。よろけつつも立ち上がったルカを正面から抱き竦める。

「間に合って良かった……怪我はさせてしまったが、最悪の事態を回避できて本当に良かった」

ひしと背中に食い込む腕は苦しいほどで、彼に随分心配をかけてしまったことが分かる。もう会えないと思っていた男に再び抱きしめられている奇跡に、ルカの胸にも熱い感情が込み上げた。

剝き出しの肩に頰を寄せ、ルカも身を浸す多幸感に酔いしれた。

「防具も身に着けないで乗り込むなんて、無茶しすぎだよ」

「無茶だってする。ルカが腕の中から消えたとき、俺がどれほど青ざめたか分からないだろう」

「無事に帰ったらモーリスさんにでもこっそり教えてもらうよ。それより、ここからどうやって脱出しようか？」

「多分同じ場所から現実世界に戻れるはずだ。外に出て時計塔を目指そう」

ウィルフレッドに体重を預け、痛む足を庇《かば》いながらひょこひょこと歩き始めたルカは、足元に転がる魔女の亡骸にもう一度目をやった。すべてが終わった。厄災《やくさい》は消え去った。

それなのにどうしてか胸の不安が消えない。

（……待てよ。体が真っ二つになったら、それで討伐が完了するんだっけ……？）

ルカを自らの手で仕留められる喜びに、ベラベラと饒舌に語った魔女は、己の討伐条件にまで言及していたはずだ。一つは心臓を引き裂くことだが、刃《やいば》がちょうどその位置を走っているのでこれは問題ない。ただもう一つ、なにか条件があったはずだ。

亡骸を観察していたルカは、胸のわだかまりの正体に気づいた。

「魔女の首がない……」

ウィルフレッドに止血の処置をしてもらっている間は、確かに床に転がっていたはずだ。それなのに今は木彫りの仮面も、その後ろに生えた蘽も忽然《こつぜん》と姿を消している。

『油断シたな馬鹿どもが！』

突如として金切り声が聞こえたかと思うと、ルカたちの後ろで、天井付近に浮かび上がった無形の魔女の頭部が半狂乱の高笑いをあげていた。やはり魔女の討伐はまだ完了していなかったのだ。

『もういい。お前にくれてやるわ、盗っ人！　二人仲良く消滅シなさい！』

仮面がぐるりと半回転すると同時に、蘽の中から無数の氷の矢が飛び出してきた。

ウィルフレッドにも当たってしまう。そう思った瞬間、ルカはすぐそばにある肩を咄嗟に突き飛ばしていた。驚愕に目を見開いたウィルフレッドが床に倒れ込んだと同時に、ドスドスッと鈍い音を立ててルカの胸に複数の矢が突き刺さる。

「ルカ‼」

ごぼっと吐血するルカを前に、ウィルフレッドが絶叫した。直後に、パキッとなにかが割れる音がする。膝から崩れ落ちたルカを長い腕が受け止めたところで、視界がまばゆい光に包まれた。

＊＊＊

『彼女の瞳は……の色……、彼女の髪は……の色……』

最初に耳に入ったのは、すでに何度か聞いているあの歌だった。

それが徐々に遠退いたと思ったら、今度はすすり泣きの音が聞こえてきた。ルカが寝ているベッドの周りで誰かが泣いている。一人ではなく複数いるらしい。

柱が剝き出しの年季が入った天井を眺めながら、ルカは『これ、一回目の人生だ』と気がついた。

修道士として暮らしていたルカが病床に伏し、今まさに命を終えようとしているところだった。

十二月九日、二十五歳の誕生日前日。魔女の呪いを受けて衰弱したルカは、この日、彼女の歌を耳にしていたのだ。恐らくルカの魂を呪いで縛りつける歌を。だから森に導かれた際、その歌声に聞き覚えがあったのだと今になって気づいた。

『神様。どうかルカをお助けください』

『この年若い修道士に救いをお与えください』

目だけを動かしてベッド脇をうかがうと、同じ礼拝所で神に仕える修道士たちが、床に膝をついて顔の前で手を組み天に祈りを捧げていた。若くして死を迎えようとしている仲間のために、彼らは皆頰を涙で濡らしていた。

ルカは決して敬虔な修道士ではなかった。生真面目な性格とは言いがたかったし、修道士にしては好き勝手に過ごしていたと思う。呆れられることも多々あったが、赤子の頃から知っているからか、皆ルカに優しかった。

（ありがとう、僕のために祈ってくれて）

感謝の言葉を伝えたいのに、口の中がカラカラに乾いて声が出てこなかった。体の感覚が薄くなっていて、指の一本も己の意思で動かすことができない。死が、すぐそこに迫っている。

『……ルカ。あなたもお祈りをしましょうか』

頭側に立った司祭が、微かに声を震わせながらそっと髪を撫でてきた。そばにある棚から経典を取り出してルカの胸に置くと、体の自由が利かないルカの代わりに経典の上で手を組ませてくれた。

『生き長らえることでも、安らかな眠りでも、あなたが今心から望むことを神に祈りなさい』

司祭に促され、ルカは薄く開けていたまぶたを伏せた。そうか、祈ればいいのか。でもなにを？

……僕が今、心から望んでいることはなんだ？

パコンッ、と薪が割れる気持ちの良い音がした。

修道士たちに囲まれながらこの世を去ろうとしていたはずのルカは、レンガ造りの礼拝所の裏で立ち尽くしていた。空は青く、木々には色づき始めた葉が茂っていて、季節が戻ったのだと感じさせる。

音があがったほうへ首を捻ると、切り株の上に立てた薪に、彼が斧《おの》を振り下ろしていた。

ルカの死より三ヵ月前に出会った騎士は、怪我が順調に治ると『体が鈍《なま》らないように』と言ってちよくちょく手伝いをしてくれるようになった。薪割りをしたり、一緒に薬草を探したり、時折礼拝所で世話をしている孤児の遊び相手も務めてくれる。

『今日の分の薪割りはこれで終了か？　ルカ』

手の甲で汗を拭いながら彼が声をかけてくる。濡れた額に鮮やかな髪が貼りついていた。煌々《こうこう》と燃える炎のような、美しく荒々しい赤髪。

『うん、ありがとう。ごめんね、怪我人に薪割りなんかさせちゃって』

『君がよろよろしながら斧を振るうのは危なっかしくて見てられないからな』

へへへ、と後頭部を掻きながら礼の言葉を述べると、彼はしれっとそんなことを言った。『おい』とルカが突っ込みを入れると、彼は凜々しい目許を綻ばせ喉奥からこもった笑い声を漏らす。本当は優しいくせに素直じゃないのだ。

立てた斧の柄に手を重ねた彼は、ふーっ……と息を吐き積み上がった薪を眺めた。その表情にわずかに翳りが差す。

『ま……、どうせ生まれ育った街では、頭脳明晰《めいせき》な兄と違い、体を動かすことしか能がない弟と言われているんだ。言われたとおり、俺は俺の役割を果たすだけさ』

生まれ育った街で心ない言葉を吐かれたときのことを思い出したらしい。ルカはむっとして眉間に皺を寄せると、彼の脇腹に肘打ちをくらわせた。

『うっ……』

『あのねえ、お兄さんと――を比べてどうのこうの言う人の言葉なんか聞かなくていいんだよ。――が――だから、騎士の一員としてこの国の人々の平和を守れるんでしょ？　それは――にしかできないすごいことなんだから』

呻き声をあげる彼に、ルカは腰に両手を当てて強い口調で言った。名前はまだ出てこない。音声の一部がぽつぽつと抜け落ちている。

脇腹を手でさすりながらルカの言葉を聞いていた彼は、数秒の間ののちふっと表情をゆるめた。

『……そうだな』と漏らし、天に顔を向けてまぶたを伏せ、秋の空気を胸いっぱいに取り込んだ。

頬を掠める風が冷たくなり、たわわに実った山葡萄が見られる頃になると、彼は物思いに耽《ふけ》ることが多くなった。

山小屋の隅に置いていた紋章入りの鎧を頻繁に手入れするようになり、そんな自分に気づいてははっとした様子で手を止める。騎士として任務に戻るべきか、この町でルカとともに平穏な暮らしを続けるべきか、彼は悩んでいるように見えた。

山小屋の裏に二つ並んだ切り株に腰かけ、黄色に染まった木々を眺めながら温めた牛乳を飲んでいると、ふいに彼が口を開いた。

『以前は自分の行動に迷いなんてなかった。俺が最善だと思うものははっきりとしていて、従わない者や躊躇う者は容赦なく捨て置いた。……だがここに来てからの俺は、自分が選ぼうとしている道が正解なのか、さっぱり見当がつかなくなっている』

きっと彼なりに自分の人生を見つめ直した結果、なにか思うところがあったのだろう。彼の物憂げな横顔を見ているとルカはそわそわした。

(この町を離れてしまうのかな。……僕を置いて、どこかに行っちゃうのかな)

どこにも行かないでほしいと言いたい。けれどルカは修道士で、彼は騎士だ。ルカは立場上彼に愛を誓えないし、彼もまた騎士団に戻らず田舎町で平穏な生活を送ることに罪悪感を抱いている。

どんな言葉をかければいいか悩んだ末、ルカは真っ白な牛乳を見つめたまま口を開く。

『あなたのすべてを、僕は信じます』

いつになく粛々とした調子のルカに、彼が驚いた様子で顔を向けた。

『あなたにとっての真実を胸に掲げて進んでいけば、いずれはその道が正解になることでしょう』

その静かな言葉に、彼もまた冷やかすことなく耳を傾けていた。木製の器を包む手に力を込め、ルカは『だから』とやわらかな笑みを見せる。

『大丈夫だよ。――なら大丈夫。自分の決断を信じてあげてよ。僕も――を信じているから』

明るい茶色の髪を揺らし、『ね?』と首を傾けるルカを、彼は宝石のように艶めく瞳で見つめていた。甘い蜜を閉じ込めたかのような琥珀色の双眸が、ルカは好きだった。離したくないと思った。生まれて初めて。

けれど好きだからこそ、彼に後悔させたくなかった。

『……へへっ、今の修道士っぽかったでしょ？』

しんみりした空気を掻き消すように、ルカはあえて明るい笑顔を作り、はしゃいだ調子の声を出した。彼もすぐにルカの意図を悟り、肩を竦めて『そうやってしおらしい口調でいると、ちょっとはな』とからかう。

二人で他愛のないやりとりを楽しむ、穏やかで幸せな日々。それがどれほど尊いものだったのか、今ならば分かる。会話が途切れたところで、彼はわずかな沈黙ののち、『ありがとう、ルカ』と温かな声で告げた。

そうだ。……と、修道士たちに見守られながら死の淵《ふち》に立たされたルカは思い出した。

そうだ、悩むことなんてない。僕の願いは一つしかない。

四肢の感覚が薄れていき、修道士たちのすすり泣きが遠ざかっていく中で、ルカは懸命に神に祈った。修道士の道に進んでからともに人生を歩んできた経典の上で、力の入らない手を組み続ける。

神様。僕は決して真面目な修道士ではありませんでした。それでも許されるなら、最期に一つだけ僕の望みを聞いていただけたらと思います。

彼が……、そう、彼だ。一五〇年前にルカが恋をした、この世でたった一人の愛しい人。

燃えるような赤い髪と、艶やかな琥珀色の双眸を持つ精悍な騎士の顔がありありと脳裏によみがえり、ルカは目尻からつうっと涙を伝わせた。死の間際に愛する人を想っての涙なのか、前世の記憶を覗き見ているルカがすべてを思い出したために溢れた涙なのかは、自分でもよく分からなかった。

本来の身分を隠し、一介の騎士だと名乗っていた彼の名前を、その容姿を、二人で交わしたやりとりを、ルカは余さず思い出すことができた。

一五〇年前、三回目の復活を遂げた無形の魔女を討伐しようとして、怪我を負った騎士。彼の名前はウィルフレッド。本来の身分は——この国の王弟だ。

当時のルカはそんな事実も知らないまま、愛する騎士のために死の直前に祈ったのだ。

『ウィルフレッドが、本来の優しさを隠さずに済むように、どんなに心ない言葉で傷つけられても血の繋がった兄弟と力を合わせて生きていけるように、誰からも愛されて孤独とは無縁であるように、……どうか彼の素直さと笑顔を取り戻してあげてください』……と。


ルカがぱっと目を開けると、周囲は真っ白な光に包まれていた。

修道士たちや司祭の姿は見えず、すすり泣きの音も聞こえなくなっていた。自分がいまだどこかに横たわっていることと、手の下に経典があることだけは感覚としてある。

死はもっと真っ暗で寂しく、冷え冷えとしたものかと考えていたが、案外と明るい世界なんだなとルカは思った。

前触れなくルカの額に手のひらが載ったのはそのときだ。皺の感触から、手の主が老人だということが分かった。指は節くれ立っていて男のもののように思える。

『……君は』

語りかけてきた声はやはり年配の男のものだった。静かで落ち着いた印象なのに不思議と温かみを感じる声で、ルカは身じろぎ一つせずその声に聞き入っていた。

『自分の死の間際に、死から逃れたいと懇願したり、死後の世界が安らかであるように祈ったりするのではなく、ただ愛する人の幸福を願うのか』

抑揚のない声で問われた内容が、ルカには今ひとつピンとこなかった。なにかおかしかっただろうか。問おうにもルカは声を出すことができない。しかし声の主はルカの思考ごと拾い上げてくれた。

『彼は君を迎えにこなかった男だろう』

生きているときなら、その事実に多少なりとも胸が痛んだかもしれない。けれどルカの中に彼を恨む気持ちは少しもなかった。

どこかで元気に暮らしてくれていたらいい。幸せになって、あの優しい笑顔をたくさんの人に見せていたらいい。今この瞬間に彼に対して思うのはそれだけだ。

凪いだ心でそんなことを考えるルカに、声の主はなにか思案する様子で押し黙った。やがて考えがまとまったのか、またあの淡々とした調子の声が話しかけてくる。

『心の美しい人。愛する人の幸せだけを一心に願える人。かけられた呪いに対抗できるだけの時間を、君に贈ろう。呪いのせいで命を落としても、また同じ世界で生き直す機会を与えよう。約束は絶対に違えさせない。それで、君自身の足で』

そこまで聞いたところで急にまどろみが襲い、ルカの意識は遠退いていった。なんだかとても大切なことを言われている気がするのに、あまりの眠気で起きていられなかった。

『彼がきちんと笑顔を浮かべていられるかを、確かめてきなさい』

夢か現《うつつ》か定かではない中で声の主はそう言って、額から手のひらを離し胸に抱いた経典をつんつんとつついた。『この経典を長い旅の相棒にして』とつけ足され、ああ、だから修道士時代に使っていた経典だけはこの奇妙な生まれ変わりに付き合ってくれたのだと、ルカはようやく悟った。

目が眩《くら》むほどの光の中でルカに語りかけてきたあの人こそが、神様と呼ばれる存在だったのではないかと、ルカは今さらながらに思い出していた。

＊＊＊

「……カ……、……ルカ！」

焦った調子の声に名前を呼ばれ、ルカはぴくりと睫毛を震わせた。瞬きをした拍子に涙がこぼれ落ち、自分が今まで泣いていたことに気づく。

真っ先に視界に飛び込んできたのは、ルカの肩を抱くウィルフレッドだった。投げ出した手に触れるのは固い地面で、屋外に身を横たえているルカの上体を、ウィルフレッドが片膝をつく形で抱えているのだと悟る。

ウィルフレッドの後ろには心配そうな面持ちのエリスとモーリスの姿も見えた。彼らだけでなく、騎士団の面々や王城でともに暮らす従者たちが、固唾《かたず》を飲んでルカの様子をうかがっていた。

「……ウィルフレッド……」

ぽつりと名前を呼ぶと、表情を固くこわばらせていたウィルフレッドもほっとしたように息を吐いた。ルカたちの様子を見ていた誰かが「予言者様が目を覚ましたぞ！」と声をあげ、その場に集まった人々は皆一様に安堵する様子を見せる。

頭上には橙色と青が混ざり合った早朝の空が広がっていて、頰を冷たい冬の空気が刺した。前世の記憶の中でも、魔女が作り出した異空間の中でもない。現実世界に戻ってきたのだ。

「あ、の……無形の魔女は……？　僕、矢で射られたんじゃなかった？」

ルカはおもむろに胸に手を当ててるが、そこに痛みはなく、寝間着が血に濡れた様子もない。吐血したはずなのに、口の周りに触れてみてもその痕跡は感じられなかった。太股にはしっかり血が滲んでいるのにもかかわらずだ。

「君が胸に受けた傷はなかったことになっている。ルカの胸に矢が突き刺さった瞬間、無形の魔女の仮面にヒビが入り粉々に砕けたんだ。それとともに魔女が作っていた異空間も閉じ、俺たちは時計塔の前に移動したというわけだ」

ウィルフレッドの説明を聞き、いまだぼんやりする頭に最初に浮かんだのは、真っ白な光の中で語りかけてきた老齢の男の言葉だ。

――約束は絶対に違えさせない。

（あれは、『呪いが解けない限り、どの人生でも一回目と同じ命日に絶対に命を落とす』っていう法則のことだったのか……？）

呪いを受けた日から一五〇年の間に無形の魔女を討伐しなければ、ルカは必ず運命の命日に命を落とす。逆にいえば、運命の命日以外に死ぬことは絶対にない。

その約束を破り、無形の魔女は予定日よりも一ヵ月近く早くルカを殺そうとした。だからルカの胸を矢が貫いた瞬間、魔女に罰則が与えられたのだ。

ルカがおもむろに足元に目をやると、粉々に砕けた魔女の仮面と、時計塔の文字盤が転がっていた。針が外れたことで、文字盤は時間を刻むことができなくなっていた。

時計の針の進み具合による無形の魔女の復活予想日は、ルカの誕生日である十二月十日だった。予定よりも一ヵ月近く早く復活したことになるのだが、予測が外れたのか……はたまた魔力の回復が不十分なまま前倒しで実体を現してしまったのか。

確たる証拠はないが、ルカはなんとなく後者のような気がした。恋した男を魂ごと自分のものにしようと、彼らの想い人の姿を借りて魅了した卑劣な魔女は、結局はその傲慢さと嫉妬心のせいで身を滅ぼしたのだ。

「王弟殿下と予言者様のご活躍により、とうとう無形の魔女は討伐されたんだ！」

騎士の一人が歓喜の声をあげると、ルカを囲う人々に喜びの輪が広がっていく。両腕を天に突き上げる人、仲間と抱き合って興奮を表す人、安堵した様子で涙を拭う人……。様々な方法で喜びを表現する彼らを、ルカもまた満ち足りた気持ちで見守っていた。

「こちらの世界に戻ってくる際、不思議な夢を見たんだ」

同じように従者たちを眺めながら、ウィルフレッドが静かな口調で言った。おもむろに視線を向けると、深い慈愛と燃え盛る炎のような情熱を宿した琥珀色の瞳が、ルカにまっすぐ下りてくる。

「今よりも尖った性格の俺が、修道士のルカと出会い、再び無形の魔女に立ち向かうまでの夢を」

一五〇年前の十二月三日は雨が降っていた、とウィルフレッドは言った。「だから俺は雨が嫌いなんだな」と困ったように眉を下げて笑う。気さくで人が好さそうな笑顔だ。

その笑顔をもう一度見るために、あなたが幸せになっているか確認するために、僕は今ここにいる。

「……ルカ？　どうした、脚の怪我が痛むのか？」

戸惑った様子のウィルフレッドに指の背で頬を拭われ、ルカは自分が泣いていることにようやく気づいた。痛いわけではない。悲しいわけでもない。この奇跡を思うとただただ幸福で、勝手に涙がこぼれるのだ。

ふるふると首を横に振ったルカは、頬に触れる手に自らも手を重ね、淡い色の唇で弧を描いた。

「僕も見たよ。山の中で、傷だらけのウィルフレッドと出会った夢」

炎を思わせる赤髪も、宝石のように美しい琥珀色の目も、凛々しいその風貌も、間違いなく彼だった。一七五年という途方もない時間を生きてきて、ルカが愛したのはたった一人だけだった。

込み上げてくる感情を抑えきれず、ルカは両目から熱い雫をぽろぽろと落としながら、ウィルフレッドの頬を手のひらで包んだ。

「愛してる、ウィルフレッド。ずっと思い出せなくてごめん。ウィルフレッドのことを忘れててごめん。僕はあなたと出会うために、何度もこの世界に生まれてきたのに……っ」

真っ白な死後の世界で、ルカはウィルフレッドの幸せだけを願っていると言った。けれど本当は、彼にもう一度会いたい気持ちを消しきれなかった。それを分かっていたから、ルカの額に手を乗せたあの人も、人生をやり直す機会を与えてくれたのではないか。

「ウィルフレッドの運命は僕だ。僕の運命はウィルフレッドだ。もう絶対に離さないから、……だから……ウィルフレッドもうどこにも行かないで……」

冷たい雨に打たれて体の芯まで冷やしながら、いつまで経っても現れない愛しい人を待ち続けるのがどれほど心許なかったか。任務で危険な目に遭っているのか、それとも元いた街で別の良い人を見つけたのかと、悪い想像ばかりが膨らんでルカの胸を押しつぶした。

「行かないよ。もうルカを置いてなんか行かない」

震えるルカの右手をそっと頬から離すと、ウィルフレッドはその手を包むように握った。一五〇年前、礼拝所の下で震えていたルカの心まで、彼の大きな手が温めてくれている気がした。

「時計塔の下で命を終える瞬間、ルカのことだけが無念だった。自分のことなど忘れて幸せになってほしいと願った。……けれど本当は、俺だけのものにしたかった」

困ったように眉を下げて微笑むウィルフレッドもまた、艶やかな双眸を潤ませていた。掬い上げるようにルカの手を取り直し、そっと口許へ運ぶ。礼拝所で愛の告白をしてきたときと同じように、指先にやわらかな唇を押し当てた。

「一五〇年も待たせてすまなかった。ただいま、ルカ。……君を迎えにきた」

長い間果たされなかった約束が、今ここで実を結ぶ。

ルカの肩を抱いたまま顔を寄せてきたウィルフレッドを、「外だから」とか「他の人もいるのに」などという理由で止める気にはなれなかった。だってルカもずっと求めていた。愛した人に愛されることを、この一五〇年間ずっと。

まぶたを伏せたと同時に温かな感触が唇に重なり、時計塔跡地が歓声に包まれた。頬にぽとりと落ちた雫がウィルフレッドの涙であることは、気がつかない振りをしようと思った。

静粛な空気が満ちた謁見の間は、奥にある縦長窓から穏やかな日差しが注いでいた。外に広がるのは冬晴れの空で、日光によって温められた深紅の絨毯に跪いたルカは恭《うやうや》しくこうべを垂れた。

ルカの背後には整列した騎士たちが、壁沿いには無形の魔女の討伐に関わった大臣たちがずらりと並び、物音一つ立てずに褒賞の儀の開始を待っていた。

「翠眼の予言者、ルカ。あなたの働きにより、トレーネスタンは長きにわたって頭を悩ませていた厄災の元を根絶することができた。その働きに心より感謝を申し上げる」

玉座に腰かけ、穏やかながらよく響く声でルカを讃《たた》えたのは、国王であるエリスだった。彼の唯一無二の右腕として、玉座の斜め後ろに立つのは弟のウィルフレッドだ。ちらりと目だけを上向けたルカは、王族としての高潔な佇まいの恋人に密かに胸をときめかせた。

エリスの後ろには妻のソフィアと、豪奢な衣服に身を包んだシャーロットが控えていた。シャーロットはすました顔をしているが、ルカが誉れを受けている理由を正しくは理解していないだろう。

一ヵ月ほど前に起こったルカの失踪事件は、無形の魔女の討伐という最高の形で幕を閉じた。

この世界に流れる時間が無形の魔女によって歪められていたことや、その中でルカが死と転生を繰り返しながら生きてきたことを、ルカはすべてエリスに伝えた。

四回目の復活でようやく叶った魔女の討伐は、その身に呪いを受けていたルカの貢献が大きい。そう考えたエリスは、国を挙げてその栄誉を讃えようと言ったが、他ならぬルカが辞退した。

大半の国民や、シャーロットのような幼い子供にとって、無形の魔女はいまだ民話の中に登場する架空の存在だ。本当は実在していて、少し前まで王国に脅威を与えていた……などと今さら伝えられても、国民の不安を煽るだけだろう。

「僕は有名になりたいわけでも、地位や名誉が欲しいわけでもありません。トレーネスタンに住むすべての国民が、平穏な明日を当たり前に迎えられると思って日々を過ごせるのなら、それに勝ることはありませんので」

そう言って頭を下げるルカに、エリスはむしろ好感を抱いたようだった。せめて限られた人の中だけでも褒賞の儀を執り行いたいと強く乞われ、それならば、とルカも受け入れた。

「王国を救った偉大なる予言者に、英雄の剣を贈る」

エリスが指示を出すと、正装のモーリスが畏まった様子で細長い箱を用意した。玉座から腰を上げ、ルカの前までやってきたエリスが、赤いベルベットで彩られた箱に手を差し入れる。

そこから現れたのは、細やかな装飾が施された銀の短剣だった。

「この先どんな困難があろうと、英雄の剣はあなたを襲う闇を切り裂くだろう。闇が晴れたあとには、琥珀の石が永遠の光をもたらすだろう」

差し出された英雄の剣をルカは慎重に受け取った。鍔《つば》の中央にはめ込まれていた楕円《だえん》形の石は、赤みを帯びた黄色の輝きを放つトパーズだった。ブレイクリー一族の瞳を彷彿とさせる美しい宝石に、ルカは感嘆の言葉も忘れてただただ見入る。

緊張しながら感謝の言葉を返すルカに、一段落したエリスは「さて」と幾分か砕けた表情を見せた。

「我々は君をこの城に留めておく理由を失ってしまったわけだが、君はどうしたい？　ルカ」

唐突に切り替わった話題にルカは戸惑った。無形の魔女から受けた太股の傷が癒えるまで、ルカは王城で療養させてもらっていた。晴れて完治し、こうして褒賞を受けたことで、無形の魔女に関する一連の計画はようやく終わりを迎えた。

けれどそれは、王城での暮らしが終了することも示していた。

「えっ……と……」

「元々住んでいたマセクスタに戻りたければ馬車を用意し、定期的に今後の生活資金を送らせよう。王都で暮らすのであれば君が望む場所に家を用意し、今後の生活に困らないよう生涯援助しよう」

「い、いえ、そこまでしていただくわけには……」

慌てて首を振りかけたルカのもとに、いつの間にか近寄ってきた王弟が立つ。ルカを守るように背中に隠し、国王である兄と対峙してウィルフレッドは凜と背筋を伸ばした。

「国王陛下。我々の目的のために有無を言わせず王都に連れてきていながら、突如としてその生活を変えさせるのはいかがなものかと」

穏やかな調子で告げようと意識してはいるのだろうが、ウィルフレッドはその裏にある苛立ちを隠しきれていなかった。一国の王に向けられるにはあまりに棘のある台詞に、ルカは英雄の剣を抱えて跪いたままおろおろと視線をさまよわせる。

きっとモーリスも頭を抱えているだろうと思っていたが、ブレイクリー兄弟の世話係を務めた侍従長は、意外にも平然とした様子で二人のやりとりを見守っていた。躊躇なく嚙みついてくる弟を前にエリスは目を細め、どこか楽しげに口許をゆるめる。

「ほう。ならばウィルフレッドはどうするのが最善だと考える？」

「ルカを我が伴侶として、ブレイクリー家に迎え入れるご許可をいただきたく存じます」

なにかを試すような物言いのエリスに、ウィルフレッドは間髪を入れず言い返した。その内容に、謁見の間にざわめきが起こる。ウィルフレッドの発言の意味がすぐには理解できず、ルカは目を見開いて硬直した。

民の間では同性同士で婚姻を結ぶ者もいるが、血縁関係に重きを置く貴族は異性間の婚姻が一般的だと聞く。表向きは異性の配偶者と籍を入れ、同性の恋人は寵妾《ちょうしょう》として囲っておくのだ。

とはいえ、ウィルフレッドが頑固な性格なのはルカも分かっていたつもりだ。運命の人を捜し求め二十六歳まで独身を貫いたのだから、ルカと恋人になった以上、今後も正妻を迎え入れる可能性は限りなく低いと思っていた。貴族でもなんでもない一庶民の、同性であるルカをその位置に据えたいと言い出すなんて、一体誰が想像しただろう。

弟がとんでもない発言をしていることはエリスも承知しているらしい。琥珀色の瞳でウィルフレッドを見据えると、その決意を見定めるように目を細める。

「己の立場は重々理解しているな？　ウィルフレッド。王族の婚姻は政治的な結びつきを作る意味合いも大きい。後ろ盾のないルカを伴侶として選ぶという決断は、少なからず波紋を生むはずだ。厳しい意見に晒されることも多々あるだろう」

「すべて覚悟のうえです。それにお言葉ですが、英雄の剣は王家が認める最上の栄誉の証《あかし》。身を挺して王国を守り、その誉れを手に入れた彼との婚姻が、性別や身分を理由に非難されるものだとは考えておりません」

力強く宣言するウィルフレッドには、迷いなど微塵《みじん》も感じられなかった。その頼もしい背中に何度守られてきたことだろう。この人と一緒ならばどんな荒波も乗り越えていける。そう思ったから、一五〇年前のルカは慣れ親しんだ場所を離れて外の世界に踏み出す決意をした。

「……その覚悟は、伴侶となる相手も承知のうえということか？」

エリスの静かな問いに、今度ばかりはウィルフレッドも即答しなかった。一拍ののちに振り返り、真剣な面持ちでルカを見つめる。

立つように促され、ルカが躊躇いつつも腰を上げた。すぐさまモーリスが寄ってきて先ほどの箱を差し出す。英雄の剣をモーリスに預けると、空いた手をウィルフレッドが両手で包み込んだ。祈りでも捧げるかのように胸の高さまで上げると、ウィルフレッドは深呼吸をしてから口を開いた。

「トレーネスタンの英雄、ルカ。私はこの王国の王弟として……」

エリスに楯突いたときよりもずっと緊張した様子で話し始めたウィルフレッドは、しかしすぐに口を噤んだ。思案する様子でしばし沈黙したのち、「いや」と小さく首を横に振る。

ふっと表情をゆるめたウィルフレッドは、床に片膝をつく体勢で腰を落とすと、低い位置からルカを見つめ手を握り直した。

「ルカ。俺は一人の男として、君を愛している」

静まり返った謁見の間に響く、ウィルフレッドの愛の言葉。その一語一句を聞き逃すまいと、ルカは呼吸も忘れて耳をそばだてた。

「苦労をかけることも少なくないだろう。気楽な生活とは言えないかもしれない。それでも俺は、この魂が消え果てるまで君だけを愛し抜くと誓おう。ルカを苛むどんなものからも守り、慈しみ、君に尽くすことを誓おう」

ウィルフレッドは情熱的に思いの丈をぶつけてくるが、その手が微かに震えていることにルカだけは気づいていた。一国の王弟ともあろう者が、たった一人の男を求め全身全霊で懇願している。

そう思うと、大勢の視線を浴びながら求婚されていることへの緊張も忘れ、温かな気持ちがひたひたと胸を満たしていった。この感情をきっと、愛しい……と呼ぶのではないだろうか。

「俺と結婚してほしい。俺の伴侶になってくれないか、ルカ」

宝石のように艶めく瞳にルカだけを映し、ウィルフレッドは静かに告げた。その真摯な言葉が胸を打ち、ルカは穏やかな心境で目を細める。

自分で本当にいいのかと、躊躇わないわけではない。彼の伴侶となることでついて回る重責に、不安がないわけではない。それでも彼の隣にいられる喜びに比べたら、なにもかもが些細なことのように感じられた。

「謹んでお受けいたします、王弟殿下。……ううん、ウィルフレッド」

王族としてのウィルフレッドに返事をしたあとに、ルカは潜めた声でこっそりと彼の名前を呼んだ。口許を綻ばせて悪戯っぽく笑うルカに、ウィルフレッドも安堵した様子で表情をゆるめる。

それと同時に謁見の間に歓声があがった。割れんばかりの拍手に包まれ、ルカは腰を上げたウィルフレッドに寄り添って湧き上がる喜びを噛みしめる。

満足げに微笑むエリスや、手巾で目許を拭うモーリスを見るに、どうやらウィルフレッドの求婚は彼と近しい者たちの予想どおりの展開だったようだ。

いつの間に準備していたのか、色鮮やかな花束を抱えたシャーロットが、しずしずとルカに近づいてきた。「ご婚約おめでとうございます」と花束を差し出され、ルカは腰を屈めてそれを受け取る。

「シャーロット王女殿下、……僕は……」

彼女が慕う叔父を奪ってしまった心苦しさで、ルカは眉を下げ懸命に言葉を探した。けれどシャーロットはすべて分かっている様子で、幼い顔に王女らしい気品を漂わせ悠然と笑む。

「一生懸命努力するお姫様は、ちゃんと王子様と結ばれるものなのです。わたくし、ルカ様がウィル叔父様を想っていることは、初めてお茶をご一緒したときからお見通しでしたのよ」

得意顔で告げたシャーロットは、呆気に取られるルカに小さな手を伸ばし、よしよしと頭を撫でてきた。まるで世話の焼ける弟を相手にするかのように。

「ルカ様ももうわたくしの家族なのだから、ルカ叔父様と呼ばなくてはいけませんわね」

なにげなくかけられた言葉が、ルカの心の奥底に空いていた穴にすとんと落ちた。永遠に埋まらないのではと思っていた場所に、ずっと求めていたものがはめ込まれ、その喜びがルカの目頭を熱くさせる。ルカたちを見守っていたウィルフレッドが、後頭部にぽんと手を置いてくるからなおさらだ。

一回目の人生から感じていたぼんやりとした孤独は、二回、三回と転生を繰り返すたびに色濃くなっていった。他人と深く関わることを諦め、笑顔の裏に寂しさを押し込めていた自分に、家族ができる日が来るなどと想像もしていなかった。

（今日この日を、こんなに幸せな気持ちで迎えられるなんて思ってもみなかった……）

二十四歳の十二月九日。今日はルカの、運命の命日だった日だ。

初めて足を踏み入れたウィルフレッドの寝室は、壁一面に広がる大きな窓に重厚な質感のカーテンが下がり、その手前に呆れるほど広いベッドが設置されていた。

大人が三人で転がってもまだ余裕があるだろうベッドの中心で、入浴を済ませたルカとウィルフレッドは、前開きの寝間着をまとい手を繋いで身を寄せ合っていた。窓の外は闇に沈んでいて、燭台に灯された火だけが寝室をぼんやりと浮かび上がらせる。

カチ、カチ、と秒針が進むたびに音を立てる振り子時計は、十一時五十二分を指していた。

「もうすぐ日付が変わるな」

「……うん」

言葉数が少ないのはやはり緊張しているためだ。つい一ヵ月前まで無形の魔女の呪いを受けていたルカは、過去六回の人生において二十五歳の誕生日を迎えたことがない。魔女を討伐した今はその呪縛から解かれているはずなのだが、心身に変化があったわけでもないため確証が持てなかった。

ウィルフレッドは繋いだ手の甲を親指の腹で撫でると、反対側の手でそっとルカの頭を引き寄せた。

彼の肩口に頭をもたせかけ、ルカはなんとか体のこわばりを解こうと細く息を吐く。

王弟として多忙を極めるウィルフレッドだが、今日一日はなんの公務も入れず、ルカに付き添ってくれた。いつもと変わらない和やかな会話をし、穏やかな時間を過ごす。ウィルフレッドが一緒にいてくれたおかげで、ルカも随分と不安を紛らわすことができた。

（たった八分……、そう、あと八分なんだ。その時間さえなにごともなく乗り越えられれば、僕の呪いは完全に解けたってことになる）

この八分間の間にルカを死に至らしめることなど不可能だろう。そう思いながらも、やはり時計の針が零時を回るまでは安心できない。ルカは固い表情で冷えた唇を噛みしめた。

「なあ。マセクスタの東にある山で、竜の初恋を捜しにきていた俺と初めて会ったとき、なにを思った？」

唐突に脈絡のない話題を振られ、ルカは首を捻ってウィルフレッドを見上げた。思いつめた表情のルカとは対照的に、ウィルフレッドは普段と変わらない安らいだ雰囲気をまとっている。あるいは、ルカを少しでも和ませようと意識してそう見せているのかもしれない。

よく晴れた夏の山の光景を頭に描きながら、ルカはそのときの記憶を慎重に掘り起こした。

「胸がざわざわした……かな」

「一五〇〇年の時を経た再会に、ルカも胸をときめかせていたということか？」

「いや、どちらかと言えば良くない意味で」

正直に打ち明けるルカに、ウィルフレッドが勢い込んで「そうなのか!?」と言った。慌てふためく様に、緊張で全身を固くしていたことも忘れてルカは笑ってしまう。

「でもそれって、多分僕とウィルフレッドを出会わせまいとした魔女の呪いの影響だったんだと思う。ウィルフレッドと親しくなるにつれて、無形の魔女が僕に頻繁に接触するようになったところを見ると間違いないよ」

最初に無形の魔女の声を聞いたのは、ウィルフレッドに対して初めてときめきを覚えたときだった。一五〇年前の敗因となった、ルカとウィルフレッドの恋が実を結ぶことを、魔女はなんとしてでも避けたかったのだろう。

真剣に話に耳を傾けているウィルフレッドに、ルカはやわらかな微笑みを見せた。彼を安心させる意図もあったが、実際に笑みを浮かべると自然と肩から力が抜けていくのが不思議だ。

「でも僕だって本当は、ずっとウィルフレッドを求めていたんだと思う。運命が僕たちを引き寄せようとした結果、知らず知らずのうちにウィルフレッドとの距離が近づいて、必ずウィルフレッドに関係することが原因で命を落としてたんだ」

今思えば、無形の魔女による嫌がらせもあったのかもしれない。何回目かの人生で「ウィルフレッドとなにかしらの関係を持つことで僕は死ぬんだ」と思い込めば、魔女が引き離すまでもなくルカは勝手にウィルフレッドから距離を取るようになるだろう。

結局のところ、ルカはまんまと魔女の思惑どおりに動かされていたというわけだ。

「それは……なんというか、少し複雑だな。運命の人と出会えた喜びに浸っていたのは俺だけかと思うと残念だが、同じくらい安心もした」

「安心？」

「一五〇年前に君が好きになってくれた俺とは、今の俺はもう随分と違う人間になっただろう？　今の俺でもいいのだろうかと……無形の魔女が消滅して前世の記憶がよみがえってから、少しばかり不安な気持ちでいた」

　ウィルフレッドが吐露した思いは予想外のものだった。ルカはぱちぱちと目を瞬かせてすぐそばにいる男を見つめる。視線がぶつかると、ウィルフレッドはばつが悪そうに首の後ろを掻き、眉を下げて苦笑した。

　自分の気持ちに正直で、決して揺るがぬ意思を持つ頼もしい男。そんな印象の彼が、ルカに落胆されたのではないかという懸念でこんな風に弱った姿を見せるのだ。どれほど自分を好きなんだと思うと、なんだかおかしくなって笑いが込み上げてくる。

　口許に手を添え、ふふふ、と肩を揺らしながらルカは表情をゆるめた。

「確かに、一五〇年前はもっと愛想がなかったよね。喜怒哀楽が分かりづらくて」

「今は思ったことがすぐに顔に出ると言われるな……」

「ちょっと手がぶつかっただけで焦った様子を見せるから、てっきり女の人に慣れていないんだと思ってたよ。ほら、僕ってあまり男っぽい顔立ちじゃないし」

「女性にはむしろ緊張せずに話しかけられるんだ。君を愛した記憶が魂に刻まれていたから、些細な触れ合いにも大袈裟な反応をしていたのだろう。……前世の俺のほうがよほどどっしり構えていたな」

前世との違いを口に出せば出すほど、今の自分を不甲斐なく感じ始めたらしい。ウィルフレッドは空いている手で額を押さえ、どうしたものかとばかりに渋面を作った。そうやって真剣に悩む姿がルカにはおかしくて、愛しくて仕方ない。

ルカは首をぐっと伸ばしてウィルフレッドに顔を寄せると、彼の頬に軽く唇を当てた。

「そうやって前世の記憶なんて全然関係していないところから始まって、でも僕はまたウィルフレッドに恋をしたよ」

目だけを動かしてうかがってくるウィルフレッドに、ルカは頭を擦り寄せて甘えた。つい数分前まで恐怖で冷えきっていた心が、今は彼に対する温かな愛情で満たされている。

「呆れるほどお人好しなところも、気さくで誠実だからたくさんの人に愛されるところも、一五〇年前は知らなかった。それでも今、目の前にいるウィルフレッドを、僕はまた好きになったんだ」

一五〇年前に恋をしたウィルフレッドは、孤独を分かち合う相手だった。長い歳月を経て再会した彼は、ルカを孤独から掬い上げてくれる人になっていた。そんなウィルフレッドの変化を、喜ぶことはあっても落胆することなどあるはずがない。

ルカの穏やかな告白に、ウィルフレッドは込み上げてくる感情を噛みしめるかのようにくしゃりと顔を歪めた。「俺もだ」と掠れた声で告げ、ルカの額に唇を押し当てる。

「最初からルカに対して胸の高鳴りを覚えていたのは事実だが、それだけじゃない。明るく振る舞っているくせにどこか寂しげで、世話焼きなのに自ら他人と距離を取ろうとするルカを放っておけなかった。自分を犠牲にしてまで他人を救おうとする不器用な優しさを愛しく思った。君が心から安心して笑える場所を、俺が作りたいと思ったんだ」

熱のこもった言葉にルカもまた胸がいっぱいになる。ぼんやりとした薄明かりの中で言葉もなくウィルフレッドを見つめると、至近距離で視線が絡み合った。

寝室に響く秒針の音はもう気にならなかった。ウィルフレッドが上体を傾けてきたので、ルカもまぶたを伏せてそれに応える。ウィルフレッドの気配が近づき、唇が重なった。

触れるだけのキスをする二人の後ろで、カチッと一際はっきり音が鳴った。直後に、ボーン……と振り子時計が音を立てる。ボーン、ボーン、と続けざまに響くその音は、時針が零時を回ったことを指していた。

「二十五歳の誕生日、おめでとう。ルカ」

すぐにでもまた唇を奪われそうな距離で、ウィルフレッドは慈しみの滲む声で囁いた。ルカは胸に迫る感情を持て余し、こくりと頷くのが精一杯だった。

（無形の魔女を倒したことで、呪いはちゃんと解けていたんだ……）

もう定められた死に怯えることなく、未来への希望を持って生きていける。これからもずっと、ウィルフレッドの隣で。

ウィルフレッドは繋いでいた手を離してルカの後頭部に置くと、再びしっとりと口を塞いできた。角度を変えながら何度も唇を合わせせられ、徐々に深くなる結合にぞくぞくとした感覚がうなじを走る。唇を繋げたまま体重をかけられ、ルカは仰向《あおむ》けの状態でベッドに転がった。その上にウィルフレッドがのしかかってきた。

「愛してる、ルカ。俺のすべてを君に捧げるから、君のすべてを俺にくれないか」

キスの合間に、ウィルフレッドが熱い吐息でルカの唇を濡らしながら言った。ルカも彼の首に腕を回して答える。

「全部ウィルフレッドのものにして。抱いてほしい、ウィルフレッド」

懸命に求めるルカに、ウィルフレッドは堪らずといった様子で噛みつくようなキスをした。肉厚な舌が唇の間から中へ入り込み、縮こまっていたルカの舌を誘い出すようにくすぐる。おずおずとそれに応えると、すぐさま根本から絡めとられた。

「んっ……、ふ、……ふうぅ……っ」

意思を持った生き物のように口腔《こうこう》を動き回る舌に、ルカは唇の端から唾液を伝わせ、濡れた息を漏らした。後頭部に回っていた手の中指が、悪戯を仕掛けるかのように耳の縁をなぞる。ルカがぴくりと身を震わせると気を良くしたらしく、裏側を擦ったり耳朶を転がしたりと、様々な方法で刺激を与えた。

その間にもねっとりと舌をねぶられ、頬の裏側や上顎を舌先で探られ、その一つ一つの形を確かめるような動きにルカの体は何度も小さく跳ねた。口の中へ施される愛撫《あいぶ》がこれほど気持ちいいとは知らなかった。耳だって、少し触れられただけで体の芯がざわめくなんて想像していなかった。

（ウィルフレッドだって初めてのはずなのに）

お互い他の相手との経験がないのだから、比べられる心配もなければ技巧にも差がないはずだ。そう思っていただけに、ウィルフレッドがルカの体内で眠る快感の種を的確に見つけ出し、芽吹かせてくるのがなんだか悔しい。

ウィルフレッドは飽きずに唇を貪《むさぼ》りながら、ルカの腰に手を伸ばし腰紐《ひも》の結び目に指をかけた。しゅるりと布が擦れる音がして、寝間着の前が開かれる。そこにあるのはなにもまとっていないルカの体だ。

頭がぼうっとするほど長く唇を味わってから、ウィルフレッドは唾液の糸を伝わせつつようやく顔を離した。「はあ……っ」と桃色に色づいた息を漏らすルカを、ベッドに両腕をついて眺める。

筋肉がろくについていない細いばかりの白い体は、胸の尖りだけが赤く染まっていた。外気に触れたからかはたまた深い口付けに興奮したからか、平常時よりもつんと上向いてみえる。薄く滑らかな下生えは髪と同じ明るい茶色で、その下でささやかな大きさの性器が半分ほど勃《た》ち上がっていた。

ウィルフレッドは琥珀色の瞳に隠しきれない情欲を灯し、ルカの素肌を舐め回すかのように全身を観察した。寝間着に包まれた胸が上下する速度から、ウィルフレッドの呼吸が乱れていることをルカは悟る。ウィルフレッドの視線を浴びた場所が焦がされたように熱く、ルカの中心にじりじりとした熱が集まっていく。

恥ずかしさのあまり顔を背けたルカは、勃起し始めた雄を隠すように、膝を立ててそっと脚を閉じようとした。けれど膝頭が触れ合う前にウィルフレッドが内股に両手を差し入れ、左右に押し開いてしまう。

「あっ……」

「とても綺麗だ。同じ男なのに俺とはまるで違う」

ウィルフレッドが惚れ惚れとした調子で漏らすので、ルカは居たたまれなくなって腕だけ通している寝間着の袖で口許を隠した。

「こ……、こういうのって、暗い中でするものなんじゃないの……？」

燭台に灯した火のせいでなにもかもウィルフレッドに丸見えだ。騎士団の精鋭でもある彼とは比べものにならないほど貧相な体だろうと、ルカはもごもごとこもった声で尋ねる。

それに対し、ウィルフレッドは冷やかすことも呆れることもなく、感嘆の声をあげた。

「初めてルカを抱く際はそのすべてを目に焼きつけようと決めていたんだ。明かりを消したりしなくて本当に良かった。どこもかしこもすべて綺麗で、いくらでも見ていられる。……ほら、ここは艶《なま》めかしい赤色なんだ」

ルカの上から下までを舐めるように見て、ウィルフレッドはおもむろに胸へと手を伸ばしてきた。尖った部分を囲う輪を親指の腹でくすぐってから、中心をきゅっと摘む。途端に切ないようなむずがゆいような感覚がじわりと湧き出て、ルカはぴくんっと腰を跳ねさせた。

「んんっ」

「小さいのにしっかりと色づいていて可愛らしい。まるで熟れた柊の実だな」

親指と人差し指の腹でくにくにと押しつぶすウィルフレッドは、ルカを言葉で辱《はずかし》めているというより、ただ単純に頭に浮かんだままの感想を口にしているようだった。それが余計に恥ずかしい……のに、羞恥を覚えれば覚えるほど、その小さな果実は固くしこりますます主張を強くする。

ウィルフレッドは手の中で育っていく突起をじっくり見つめ、指の腹で転がしたり爪の先で弾いてみたりと、様々な方法を試しながら乳首への愛撫を続けた。ふいに胸に顔を伏せたかと思うと、唇で挟んでやわく食《は》み、舌先で捏《こ》ね始める。

「あぁっ！」

ルカは堪らず上体を捩《よじ》り、顔の横のシーツに縋《すが》ってあられもない声をあげた。男に媚《こ》びるような鼻にかかったその声に、ルカは一瞬ののちカッと頬を燃やした。

（こんなところで感じるなんて知らなかった……）

二回目以降の人生では修道士にならなかったため、体が昂ったときは自分を慰めもした。しかしそれは性器に直接刺激を与えるだけの行為だった。

「んっ……ぁ、はぁ……っ、ウィルフレッド……」

初めて経験する甘くもどかしい快感に、ルカはうっすらと開けた唇から濡れた息を漏らした。ルカの胸の横に腕を置いたウィルフレッドは、互いの体を重ねた状態で執拗《しつよう》に乳首を弄《いじ》くり回す。

右を舌先でくりくりと押しつぶしながら左を指で捩《ねじ》っていたかと思うと、今度は左右を交代し反対側を舌全体で舐め始めた。唾液をまとった右の乳首は、ウィルフレッドの指の間でいやらしく艶めいている。

胸で得られる快感はすべてルカの下肢へと流れ込み、欲望の中心を膨らませていった。体を重ねているために、そこがウィルフレッドの腹に触れているのが居たたまれない。けれど全身を火照らせるほどの羞恥とともに、堪らない疼《うず》きを覚えたのも確かだった。

「んっ、ん、……ふ、ぅ」

膝を立てたままの体勢で、ルカは誘惑に勝てずゆらゆらと腰を揺らし始めた。最初はほんの少しだけ、恥ずかしさに身を捩っている風を装った控えめな動きだった。けれど熱を持った幹が彼の固い腹にぶつかると、待ち望んでいた快感に自制が利かなくなった。

「あ、ん……っ、ぁ、あ」

踵《かかと》を浮かせ、ウィルフレッドの腹に自身を押しつけるようにして刺激するルカを、ウィルフレッドが目を細めて見下ろした。

「いやらしい腰の動きをしている。触ってほしくて仕方ないという動きだ」

「だ、れの……せいだと……」

今度は素直な感想ではなく、ルカを辱めるための台詞だ。悔しいのに、恥ずかしいのに、気持ち良くなりたい思いが強くてウィルフレッドに腰を押しつける自慰をやめられない。

ルカが痴態を晒す間にも、ウィルフレッドは延々と乳首を苛《いじ》めていた。もういい加減別の場所を触ってほしくて、ルカは両手でウィルフレッドの頭をつかんで胸から引き剝がそうとした。

「も……、そこだけずっとしないで……っ」

「うん？　どこを触ればいいいんだ？　経験がないせいでちっとも見当がつかない」

「ばか」

飄々とした顔でとぼけてみせるのが腹立たしい。短い暴言でなじると、ルカはウィルフレッドの体全体をぐいっと引っ張った。顔を引き寄せ、鼻先が触れ合いそうな位置にある唇を掠めとる。

ちゅっと音を立てて口付け、唇を食んでぺろりと舐めた。奥に入ろうとウィルフレッドが舌を伸ばすが、ルカはそれを舌で押し返し侵入を許さない。互いに舌を突き出し、口腔の外でれろれろと舐め合う様は、本能のまま快楽を求める獣のようでひどく淫《みだ》らだ。

先に音《ね》を上げたのはウィルフレッドだった。顔を傾けて唇を深く嚙み合わせ、貪るようなキスをする。意思を持った生き物のように口腔を舌で蹂躙《じゅうりん》され、ルカも夢中になってウィルフレッドの首に腕を回した。普段は剣を握っている固い手のひらが、余裕なくルカの体を這い回る。

絶妙な力加減で背筋をたどり、胸の横を通って脇腹を撫で始めた手を、ルカは咄嗟につかまえた。膨らんで上向く性器を握らせると、その手を己の手で包む。頰を上気させ、荒い息を漏らしながら見下ろしてくる男に、恥も外聞もなく懇願する。

「して、ウィルフレッド……ッ、触って……！」

切迫した声で訴えるルカにウィルフレッドは目を見開き、精悍な顔を苦しげに歪めた。乱暴な動作で己の寝間着の合わせ目を乱すと、中からいきり立った太い幹を取り出す。ルカのものとは比べられないほど長大なそれは、茎に血管を浮かべ興奮にひくりと震えた。

二人分の性器をまとめて握ったウィルフレッドは、ルカの唇にむしゃぶりつきながら荒々しく手を上下させ始めた。他人の手に触れられるのはもちろん、裏筋がぶつかり合う快感も初めて味わうものだ。焦らす余裕もなく激しく扱《しご》かれると、すぐにくちゅくちゅと濡れた音が漏れ始めた。

「んんっ、……ふ、っ……ん、んんぅ……っ！」

口腔を犯されながら手淫を施され、悦《よろこ》びと息苦しさが同時に襲ってくる。しかしルカがいくらのたうち回ろうと、押さえ込む体は屈強でびくともしない。そうこうしているうちに体中の血が下腹部に集まってくるのを感じ、ルカは身を引きしぼるように力を込めた。

「くぅ、んっ……ぅん、んくっ……～～ッ！」

込み上げてきた快楽が頭の中で弾け、どろりと広がって脳に染み渡った。唇を塞《ふさ》がれたまま、ルカは眉間に皺を寄せてビクビクと体を痙攣させ、ウィルフレッドの手の中に白濁を撒き散らした。ウィルフレッドも追いかけるように精を吐き、ルカの腹を汚す。

「はあっ……、……っは……」

ようやく唇が解放されると、ルカは空気を求めて必死に喘いだ。ウィルフレッドも額に汗を浮かべて荒い呼吸を繰り返す。ウィルフレッドの腕に閉じ込められる体勢で、二人でしばし射精の余韻に浸った。

「……気持ち良かったか？」

額を突き合わせる形でウィルフレッドは尋ねてきた。その言葉の端々にどこか砂糖菓子を思わせる甘さが滲む。

「うん。気持ち良かったしドキドキした。ウィルフレッドが急に男らしくて格好良くなるから」

「いつもは男らしくも格好良くもないような言い方だな」

「いつも男らしいよ？」

「『格好良い』もいつもの中に入れてくれよ」

一度吐精したことで互いに幾分か余裕が生まれ、じゃれ合いのようなやりとりをして二人で笑い合った。もちろんいつも格好良いと思っているが、悔しいので今は言ってやらない。獣じみた荒々しさで触れてくるウィルフレッドが、何度でも惚れ直してしまうほど格好良すぎたから。

ルカの目尻や頬、顎先にキスを降らせたウィルフレッドが、おもむろに体を後退させた。力を失ってくたりと倒れた性器に口付けられ、ルカは「んっ」と息を飲み込む。

「ここも可愛らしいな。やわらかく、温かい」

愛しいものに触れるような繊細な手つきでルカの萎えた雄を掬い取り、残滓《ざんし》がこぼれる先端や丸く出っ張った部分、根本と双玉の境目にウィルフレッドは何度もキスをした。射精をしたばかりの性器は快感よりもくすぐったさを拾い、ルカはくすくすと笑い声を漏らしながら身を捩った。

ルカの白い尻たぶを両手で包んだウィルフレッドが、そこをやわやわと揉みながら左右に広げた。

彼の眼前には秘された蕾《つぼみ》が晒されているはずだ。恥ずかしさに思わず目を背けると、窄《すぼ》まりになにか濡れたものが触れた。

熱くぬめっていて、先端を尖らせた……そうだ、これは舌だ。

「や……っ」

驚いてびくっと身を跳ねさせるルカに構わず、ウィルフレッドは襞《ひだ》を伸ばすような動きで蕾を舐め始めた。舌先で入口をこじ開けられ、ぬるりとしたものを体内に入れられる。指の第一関節辺りまでの、ごく浅い場所を蠢《うごめ》く熱に、ルカの腰にざわざわとした感覚が広がった。

「あ、ぁ……舐めちゃいやぁ……っ」

舌はやわらかく、出入りする深さにも限界があるため痛みは少しも感じない。けれどあり得ない場所を想い人に舐められているという状況がルカをひどく困惑させた。体中綺麗にしたとはいえ衛生的に良くないし、敏感な粘膜を舌で擦られると下半身に力が入らなくなる。

ウィルフレッドを止めるつもりで己の下腹に目を向けたルカは、思いがけないものに気づき言葉を失った。先ほどまで萎えていたはずの自身が、ひくひくと震えて再び力を取り戻そうとしているのだ。

(なんで……)

体内を舌で犯されて首をもたげ始めた中心に、己の体の淫猥《いんわい》さに、ルカは目眩を覚えて天を仰いだ。

「恥ずかしい」と「辱めてほしい」が、「嫌だ」と「もっとして」が表裏一体になっていて、なにをされても最後は快感にひっくり返されてしまう。

ルカが混乱する中、ウィルフレッドは尻に顔を埋めたままシーツの上に手を伸ばした。そこに投げ出されている薄い紫色の小瓶を指でたぐり寄せる。どうやらベッドに乗り上げたときに足元に忍ばせていたらしい。小瓶をつかんだ手はルカの太股に隠れて見えなくなる。

栓を抜く音が聞こえたと思ったら、内側に入り込んでいた舌が引き抜かれた。ほっとするのと同時に、なぜかもの寂しいような気持ちも抱いていると、今度はぬるりとした液体をまとった指が窄《すぼ》まりに触れてくる。

『香油もなしに体を拓こうとしたらルカに怪我をさせてしまう』

ルカの部屋で一緒に眠った際にかけられた言葉がふいによみがえった。ウィルフレッドは今、香油を使ってルカの後孔を解そうとしているらしい。そう悟った瞬間に、つぷっ……と指が埋められた。

中に入り込んだ指は少し前進しては戻り、再び前進した際にはさらに少し奥へ進むという慎重な動作を繰り返した。指一本程度では痛みを感じないものの、自分でも触れたことがない場所を探られる心許なさが強かった。ルカはぎゅっと目を閉じて異物感をやり過ごす。

「つらいか……?」

ルカの内股に口付けながら、ウィルフレッドが心配そうな声音で尋ねてきた。

「い、たくは、ないんだけど……変な感じが、する……っ」

正直に答えると、ウィルフレッドは「そうか……」と返し、なにやら思案するように口を閉ざした。やがてウィルフレッドが身じろぐ気配がして、後孔の違和感のせいで再び萎えてしまったルカの中心にキスをする。

労るように何度かそこに唇を落としてから、ウィルフレッドは後孔に指を入れたまま上体を起こした。こわばったルカの体に己の体を重ね、左腕をシーツの間に差し入れて抱きしめてくる。ぽんぽんとあやすように背中を軽く叩かれて、その優しい手つきにルカはほっと息を吐いた。

痩身を抱くたくましい腕が、全身で感じる体温が、男らしくてどこか甘いウィルフレッド特有の香りが、ルカを包んで緊張を解いてくれる。

「男同士の情事について、知人に助言を求めたことがあると以前話しただろう？」

落ち着いた声音が耳に触れ、ルカはおもむろにまぶたを開けた。

「男の体の中には、触れると気持ち良くなれる場所があるらしい。そこを指で刺激されると、性器に触れられずとも勝手に張り詰めてくるそうなんだ」

まるで秘めごとを打ち明けるような、密やかな声。その言葉を聞いているうちに、ルカの頭はぼんやりと霞がかってくる。内股にしっとりと汗を掻き、中を探る指の感触により意識が集まる。

それは先ほどまで感じていた異物感とはまた異なる、もどかしさを伴う奇妙な感覚だった。

「浅い場所で体の正面に向かい、指を折り曲げた場所にあるらしい。そうだな、たとえばこういうところを……」

ルカの耳の縁に唇をつけ、ウィルフレッドが中に入れた指を動かした。口頭で解説するのと同じ動作をした瞬間、ビリッとした衝撃が体に走った。

「ぅあっ!?」

思わず身を跳ねさせたルカは、混乱のあまり腰を引こうとした。しかしウィルフレッドの腕はがっちりとルカを捕らえ、逃げることを許さない。困惑するルカを抱いたまま、ウィルフレッドは隠れたしこりを指の腹で何度も擦った。

「あっ、あ、んっ、……ぁんっ、や、ぁあん……っ！」

訳が分からないのに、半開きにしたルカの口は絶えず高い声をあげる。びくびくと腰が震え、ルカは寝間着をまとった背中に腕を回して縋った。初めて知る感覚に怯えるルカに、ウィルフレッドはふっと笑い声を含んだ息を漏らし、耳朶を舌先で悪戯に転がした。

「ルカが気持ち良くなれる場所は、ここで合っているか？」

鼓膜に直接流し込むように、耳のすぐそばで囁かれた問い。その内容がじわじわと、甘い痺《しび》れを伴ってルカの脳を侵す。

（そっか。僕、そこを触られると気持ち良くなっちゃうんだ）

それはまるで洗脳だった。悪魔の囁きのような甘美な言葉が、ルカの体を勝手に作り替えていく。後孔を触られて性感を覚え、ひどく乱れてしまう体に。秘所を指で抉られると、触れていないはずの性器が勃起してしまう体に。

意識した途端、ルカを苛んでいたはずの苦痛はひっくり返され、腰を砕けさせる重たい快感にすり替わっていった。

こりこりとしこりを擦り、指の腹でぐーっと押し込んで、また優しく撫でる。そういう動作を挟みながら内壁を搔かれると、最初からウィルフレッドを受け入れるための部位のように、ルカの孔《あな》はいやらしく蕩けて長い指に絡みついた。

「ぁあッ……あっ、んぁ、ひぅっ……」

全身にびっしょりと汗を搔き、ルカは体内から得られる性感に溺れた。香油を足され、二本、三本と指を増やされてもはや気持ちいいばかりだ。純情ぶって一度は萎えていた雄も、再び反り返ってぱんぱんに膨らみ、ウィルフレッドの寝間着を先走りでぐっしょり濡らしている。

「すごいな。俺を受け入れるためにこんなに体を拓いてくれたのか」

ウィルフレッドは嬉しそうに言って、中に埋めた人差し指と中指を左右に開いた。潤んだ肉が広げられ中に空気が入り込む。たっぷり塗られた香油がとろりとこぼれ、会陰《えいん》を伝ってシーツを濡らした。

「ウィル、フレッド……もう、……もう、中に……」

息も絶え絶えになりながらルカは必死に懇願した。下半身をどろどろに溶かされるような快感が、まだ前戯に過ぎないなんて恐ろしい。いっそのこと早く終着点にたどり着きたかった。丁寧に……あるいは執拗に後ろを解され、ルカの意識はもうずっと夢の中にいるかのようにぼんやりしていた。

ごくりと唾液を飲み下す音が聞こえたと思ったら、中で蠢いていた指が唐突に引き抜かれた。唾液を垂らすかのように香油を漏らしていた蕾が浅ましくひくつく。

ウィルフレッドは一度身を離すと、ベッドに膝立ちになって寝間着の腰紐を解き、乱雑な動作で脱ぎ捨てた。初めて目にする彼の裸体に、ルカの目は釘づけになる。

筋肉の隆起が美しい体は胸板が厚く、腹筋が六つに割れていた。ところどころに見られる古傷は、騎士団とともに戦いに挑んだ際にできたものだろう。赤色の雄々しい下生えの中から、腹につきそうなほど反り返った勇ましい屹立《きつりつ》が顔を覗かせている。

「はあ……」

熱がこもった息を吐き、ウィルフレッドは顎から滴《したた》る汗を腕で拭った。男らしい色香が漂う野性的な仕草に、今度はルカが生唾を飲み込む。

ウィルフレッドは劣情を灯した目を細めると、ルカの体の横に腕をついた。袖だけ通していたルカの寝間着を完全に剝ぎとって体の下から引き抜き、顔を寄せて啄むだけのキスをする。

「挿《い》れるぞ」

端的な宣言に、ルカは言葉もなく頷いた。ウィルフレッドは太股の付け根に近い場所をつかんでルカの臀部《でんぶ》を晒すと、雄を求める淫靡《いんび》な孔に怒張を突き立てた。ぐぷ、と先端を埋め込まれたと思ったら、長く太い幹がずぷぷ……と入り込んでくる。

「……っ、ぁ……ぁあ、……っあ……！」

ウィルフレッドの両肩につかまり、ルカは己の尻に勃起した雄が捻《ね》じ込まれていく様を、睫毛を震わせながら見ていた。熟れた肉がウィルフレッドの形に拓かれていく感覚が生々しい。

丸い先端が最奥にぶつかったところでウィルフレッドは動きを止めた。内臓を押し上げられる圧迫感に、ルカはウィルフレッドの肩に縋《すが》って喘ぐ。ウィルフレッドもまた、苦しげに眉を寄せて息を乱していた。

（苦しい……けど、でも……なんか……）

胸を満たしていく感情をなんと呼べばいいか分からず、ルカが適切な言葉を探していると、唐突に身を倒してきたウィルフレッドに抱きしめられた。繋がった箇所が圧迫され、思わず息を詰めながらも、ルカも広い背中に腕を回して抱き返す。

「どうしたの……？」

汗だくの肌が密着して、しっとりと吸いつくようだ。その心地良さにほっと息を吐き、ルカはウィルフレッドのうなじに手を伸ばすと鮮やかな赤髪の生え際を撫でた。

「いや……、なんだろう。うまく言葉が見つからないんだが……」

ウィルフレッドは自分でも戸惑った様子を見せながら、ルカを抱く腕に力を込めた。

「好きな人と繋がることは、それだけでただただ幸せなんだな……と思ったんだ」

しみじみとした調子で漏らされた台詞が、答えを求めていた胸にすとんと落ちた。幸せ、という言葉を何度も頭の中で繰り返しているうちに、じわじわと温かな気持ちが湧き上がってくる。

そうだ。そのとおりだ、と思った。同じことをウィルフレッドも考えてくれていた事実が胸を打ち、込み上げる感情で思わず涙腺がゆるむ。ウィルフレッドと一つになれて、愛してもらえて、同じ喜びを共有できて……幸福だ、心の底から。

「動いてもいいか……？」

気遣わしげに尋ねてくるウィルフレッドを、ルカはぎゅっと抱き返して「うん」と答えた。ウィルフレッドは安堵した様子でルカの頬に口付け、それからぎこちなく腰を揺らし始めた。

ずっ、ずっ、と少しずつ動きながらウィルフレッドは慎重にルカの反応をうかがう。指三本よりも遥かに太い肉杭《くい》で内壁を擦られる苦しさは、思いのほか長続きしなかった。

濡れた肌を重ねる心地良さは、内臓を押し上げられる圧迫感や息苦しさと混ざり合い、ウィルフレッドから与えられるすべてを切ない快感に変換した。苦しいけれど気持ちいい。そんな心境で眉を寄せ頬を上気させて喘いでいると、ウィルフレッドが唐突に上体を起こして腰を引いた。

結合が解けないようにルカの細い腰をつかみ、先ほど暴いた秘所に出っ張った部分をゴリゴリと当てる。そうすると「苦しいけれど」の一言が消えて、腰が蕩けてしまいそうな快感がルカを苛む。

「あァアッ……！　いい……っ、あ、ぁ、きもちいいっ」

ルカの嬌声《きょうせい》が甘く濡れるのを察した様子で、ウィルフレッドが再び奥へと楔《くさび》を打ち込む。するともうそこは快楽だけを得る部位になり、ウィルフレッドの雄をしゃぶっては淫らに絡みついた。

ウィルフレッドもまた、腰を大きく回して浅い場所を掻き回したり、直線的な動きで中を突いたりと、様々に腰を使ってルカの体内を味わっていた。快感に浮かされて赤く色づく目尻や、雄々しい双

眸が爛々《らんらん》と光る様に見惚《みと》れてしまう。

　そうやってぼんやりとウィルフレッドを眺めていると、再び体が倒れてきて汗みずくの裸が密着した。物足りないとでも思われたのか、ルカの体を搔き抱いたままガツガツと腰を送られる。蕩けた媚《び》肉《にく》を張り詰めた怒張で穿《うが》たれ、抉られ、激しく攻められて、ルカは鍛えられた背中に縋って身悶《みもだ》えた。

「あっ、あぅ、ひぅっ……ひっ、ひん、あ、あぁッ」

　ルカは焦点が合わない目で虚空を見ながら、犬が鼻を鳴らすような高い声で喘ぎ続けた。燭台の光で天井は橙色に照らされている。

　ウィルフレッドの家族や、すでに顔馴染みとなった従者が住まう王城で、愛しい人と爛《ただ》れた行為に耽っているのだと思うと、背徳的な昂りを覚えてルカはひどく乱れた。

「あぁう……っ、きもちぃ……っ、すき、すき、ウィルフレッド……ッ」

　譫言《うわごと》のように繰り返すルカに、ウィルフレッドは男らしい色香が滲む微笑みを見せた。唇を奪われ、またあの犯されるような濃密なキスをされる。上も下もウィルフレッドに埋められて、意識が飛びそうなほど感じた。

「ずっとこうして乱したいと思っていた。予言者として俺のもとにやってきた君を、……修道服に身を包んだ貞淑な君を」

　ルカを搔き抱いたまま、唇に唾液の糸を伝わせたウィルフレッドが、情欲に掠れた声で言った。台詞の後半は一回目の人生の話をしているのだと悟る。

　他の男から向けられた色欲の目に、当時のルカは薄ら寒い気持ちになっていたはずだ。けれど今よりもずっと表情が乏しかった一五〇年前のウィルフレッドが、涼しい顔の下にルカに対する欲情を抱えていたのだと思うと、どうしようもなく昂って仕方なくなる。

「まさかこれほど淫らで愛らしい人だとは思ってもみなかった。想像以上だ、ルカ。今日はもう君を離してやれそうにない。……何百年経っても。この先君を手放してなどやれない」

　ルカへの執心が滲む台詞が、ルカの全身に響いてじんと痺れが走る。魂ごと捕らえて決して離さない愛は呪いと紙一重だ。きっと自分にはこの男だけだ、という漠然とした予感がある。

　無形の魔女の呪いが解けて、動き出した時間の中で天寿をまっとうしたとしても、姿形を変えた本物の転生を経験したとしても、きっとまたルカの魂はウィルフレッドと求め合うのだろう。同じ日に命を落とすことでも、必ず転生することでもなく、それこそがルカの運命なのだから。

　体を深く密着させたまま、ウィルフレッドが追い上げるように腰の動きを速めた。熟れた内壁をめちゃくちゃに突かれ、律動のたびに張りつめた欲望がウィルフレッドの腹に擦れる。

　とっぷりと快楽に浸《つ》かった体が、新たな愉悦の波に飲み込まれようとしているのを悟り、ルカは悲鳴に似た喘ぎ声をあげた。

「ひあぁッ……！　ひあっ、ひぃっ……も、来ちゃう、また気持ち良くなっちゃうぅ……！」

「ああ。何度でも良くなれ。俺ももう出そうだ……ッ」

　顔を歪めて射精感を堪えながら、ウィルフレッドは溺れるようにルカを抱いた。白い首筋にきつく吸いつきながら呻くように漏らす。

「汚《けが》すぞ、ルカ。君の純潔を俺が汚す」

絶頂を目指した突き上げは容赦がなく、香油を塗り込まれた内壁がぐちゅぐちゅと淫靡な水音をあげた。ルカも髪を振り乱し、深すぎる愉悦に目尻から涙を伝わせて惑乱する。

「あ、ぁ、汚して、ウィルフレッド、汚し……っあ……、……――ッ！」

強烈な快感が全身を満たしたと思ったら、頭の中を閃光《せんこう》が駆けルカの目の前で弾けた。深い愉悦がどろりと溶けて全身を飲み込む。

ウィルフレッドの背中にしがみつき、ルカは爪先を丸めて身を震わせ、生まれて初めて味わう深い絶頂に身を浸した。鈴口から溢れた精がウィルフレッドの腹を汚す。

「く……っ！」

極める最中のルカの体内に何度か擦りつけてから、ウィルフレッドも奥深くに先端を差し入れ、ぶるりと身を震わせて達した。熱い飛沫《しぶき》がルカの体内に叩きつけられる。無垢《むく》な体を汚す白濁を胎の奥に感じ、ルカは陶然とした眼差しを彼に向けた。

しばらくの間は呼吸もままならず、二人は言葉もなく絶頂の余韻に身を浸していた。至近距離で目が合うと、どちらからともなく顔を寄せて唇を触れ合わせる。労るような口付けだが、ルカの中に埋め込まれた欲望がいまだ滾《たぎ》っていることから、間を置かずまた愉悦の波に溺れるのは間違いない。

「ルカ」

劣情と執着が一緒くたになった声で、ウィルフレッドが名前を呼ぶ。

「魔女にも神にも渡して堪るか。俺が愛する運命の人は俺だけのものだ」

かつて神に身を捧げる立場だったルカを一五〇年の時を経て自分のものにした男が、その琥珀色の瞳を欲望にぎらつかせて告げた。再びルカの体を貪り始めた王弟に身も心もすべて明け渡し、ルカは際限のない快楽に再び引きずり込まれていった。


ふかふかの枕に顔を埋めていたルカは、どこからか聞こえてくる子供のはしゃぎ声で目を覚ました。ベッドの横に配置された縦長窓からやわらかな朝の日差しが注ぎ、寝室を白く浮かび上がらせている。ぼんやりと宙に視線を投げたルカは、「あれ」と小さく声を漏らした。隣で寝ていたはずのウィルフレッドが窓際に立っていることに気づいたからだ。

ウィルフレッドの寝室はちょうど庭園を見下ろす位置にある。女の子と思われる子供の声は窓の外から聞こえるようで、ウィルフレッドはその楽しげな声の主を見守っているのではないかと思った。

ベッドの中でルカはいまだ一糸まとわぬ姿でいた。昨夜は全身がどろどろになるまでウィルフレッドと睦《むつ》み合ったが、ルカの体にその痕跡は残っていない。力尽きたルカが眠りに落ちたあとで、ウィルフレッドが全身を清めてくれたらしい。本当に王族らしからぬ甲斐甲斐しさだ。

むくりと上体を起こしたルカは、ウィルフレッドのもとへ向かうべく布団の中に紛れてしまった寝間着に手を伸ばした。それに気づいた彼がベッドに近寄ってくる。

「おはよう、ルカ」

「ん、おはよう。今何時？」

「七時を過ぎたところだ。今日の朝食は俺の寝室に運ぶように伝えているから、まだゆっくりしていてもいいんだぞ？」

ごく自然な調子で伝えられた内容に、ルカは一拍遅れて頬を燃やした。大勢の臣下に見守られる中でウィルフレッドに求婚されてから丸一日も経っていない。二人分の朝食を寝室に運ぶなんて指示を出されれば、ルカたちがなにをしていたのかは想像に容易いだろう。

ルカが耳まで赤く染めて俯いた理由は、ウィルフレッドもすぐに察したらしい。愉快で仕方ないといった様子で「慣れてくれ」と笑い、ルカの頭をぽんぽんと軽く叩いた。出会った当初の物慣れなさが嘘のような余裕ある態度が腹立たしい。そんな彼にときめいてしまうのがまた余計に。

照れ隠しにガシガシと後頭部を掻いたルカは、先ほどまで彼が立っていた窓際に目をやった。

「なにを見てたの？　朝から随分楽しそうな声が聞こえてきてたけど」

「ああ。気になるか？」

もったいぶった言い方をするウィルフレッドにルカは小首を傾げ、自分の目で確かめようと寝間着探しを再開した。けれど前傾姿勢を取った拍子に腰に鈍い痛みが走った。腰だけでなく、体全体がひどく気だるいことに気づく。

「うっ……」

思わず呻き声を漏らしたルカの顔を、ウィルフレッドは「大丈夫か？」と言って覗き込んできた。運命の命日だった昨日は王城にこもってゆっくり過ごしていたため、体に負荷がかかる原因など一つしか思い当たらない。

受け入れる側というのは大変なんだな……と実感していると、ルカの様子をまじまじと見ていたウィルフレッドが、なにか思い立った様子で布団に手を伸ばした。やわらかな羽毛布団をルカの肩にかけると、くるりと全身に巻きつけてから肩に腕を回してくる。

反対の腕を膝の下に差し入れると、ウィルフレッドは軽々とルカを横抱きにした。

「うわっ」

「ルカは軽いな。落としたりしないから安心してくれ」

そう言うと、ウィルフレッドはルカを抱いたまま窓際に向かった。布団から手を出してウィルフレッドの肩につかまったルカは、目の前に広がる光景に息を飲む。

静かに眠っていた冬の庭園は一面真っ白に染まっていた。雲の切れ目から朝の日差しが注ぐ空からは白いものがちらちらと舞い降りている。冬もそれほど厳しい寒さにならないトレーネスタン王国では珍しい光景だった。

「雪だ……」

「ああ、綺麗だよな。庭園を埋め尽くすほど降るのは珍しいから、シャーロットが外に出てはしゃいでいるんだ」

見れば確かに、厚手の外套を羽織ったシャーロットが侍女に見守られながら庭を駆けていた。賢さの中にお転婆な一面が隠れているシャーロットはブレイクリー兄弟にそっくりで、その弾けるような笑顔を見ているだけで和やかな気持ちになる。

「こういうごく当たり前な幸せを守るために、ウィルフレッドたちは戦っていたんだね」

歴代の国王並びにその親族が、命を賭して戦ってきた無形の魔女。人々を長く苦しめた魔女はもういない。嫉妬に狂った結果、自らその身を滅ぼしてしまった。今まで一度も迎えられなかった今日を迎えていることが、なによりの証拠だった。

「これからはルカにとっても当たり前の光景になるさ。君の命を脅かすものはもうなにもないのだから」

穏やかに微笑んだウィルフレッドは、少し考える素振りを見せたのち、慎重な動作でルカを床に下ろした。「少し目を閉じていてくれるか」と言われ、なんだろうと思いつつルカはまぶたを伏せる。

布団がはだけないように合わせ目をつかんで待っていると、ウィルフレッドが離れていく気配がした。ごそごそとなにかを探る音が聞こえ、ややあって彼が戻ってくる。

正面から首に腕を回され、鎖骨の辺りにひやりとしたものが触れた。以前もこうして首飾りをつけられたが、今度はずっしりと重い。「目を開けていいぞ」という言葉でそっとまぶたを上げたルカは、自分が身に着けているものを見て仰天した。

細やかな宝石を組み合わせた首飾りは、職人技が光る繊細かつ豪奢な造りで、王冠を反転させたかのような形をしていた。中心で光り輝くのは黄色のトパーズで、褒賞の儀で与えられた英雄の剣と同様に楕円形に整えられている。

ダリルに作らせたお守り代わりの首飾りとは明らかに異なる、王家に伝わる重要な装飾品のように思われた。

「えっ、えっ、これ……」

「誕生日を祝う贈りものだ。七回も人生を歩んできた君も、二十五歳の誕生日を迎えるのは初めてだろう？　だから特別なものを贈りたかった」

「いやでもこれ、誕生日だからって気軽に渡していいものじゃないんじゃないの？」

慌てふためくルカを前に、ウィルフレッドはあっけらかんとした調子で「そうだな」と笑った。

「これは王家の人間が、生涯の伴侶として迎え入れる者に贈る婚約の首飾りだ」

静かな口調で説明するウィルフレッドに、ルカは沈黙ののち頬を紅潮させた。謁見の間で婚約を発表してはいたものの、こうして形あるもので示されると、本当にウィルフレッドの伴侶になるんだな……という実感が今さらながらに湧き出てくる。

艶めくトパーズに指先でそっと触れ、ルカは込み上げる喜びに眉を下げた。深い孤独の中にいたときよりも、幸福を知ってからのほうが涙腺がゆるくなるのは一体どういう原理なのだろう。

「ありがとう。大事にする。僕の生涯をかけて」

「そうしてくれ。これだけはっきりと王家の印を身に着けていれば、あの行商人のように言い寄ってくる者は現れないだろう。すべての国民に『俺の最愛の人だ』と見せつけられるという点では、王族という立場もなかなか悪くないものだ」

前世の記憶をもとに、ルカはこれまでウィルフレッドと過ごした時間を思い返し、眉を下げて呆れ顔をした。まったく……と、ルカはこれまでウィルフレッドは軽口なのか本気なのか分からない発言をする。まったくまったくめちゃくちゃなのだ、この王弟は。予言者などという眉唾ものの男を王城に住まわせ、一人でふらりと城下町を歩き、庶民に頼まれごとをしても平然と受け入れる。

(けど、そういうめちゃくちゃなところを好きになったのも事実だ)

身分など関係なく分け隔てなく人に接し、誰からも愛され信頼される一国の王弟。長い歳月をかけてルカは再び彼と巡り会い、恋をした。身を侵す呪いを乗り越えて、彼とともに歩む人生をつかみ取った。

ルカはもうこの先に起こるどんな未来も知り得ない。そのことにまったく不安がないわけではないが、けれどその何倍も楽しみに思えた。覚悟なんてものはとうの昔に決まっている。ウィルフレッドと一緒ならどんな世界にでも飛び出していこうと、一五〇年前の自分がすでに誓っていた。

「本当、我が儘な王弟だな」

仕方のない男だとばかりにルカは肩を竦めるが、その表情は晴れやかだった。ウィルフレッドもまぶしげに目を眇め、ルカの顎に指を添えて掬い上げる。近づいてくる唇をルカもまぶたを閉じて受け入れた。

かつては敵であったはずの「運命」は、なによりも愛しいものに姿を変えた。長すぎる時間の中でさまよっていた孤独な予言者は、今、王弟の寵愛を一心に受けて一七五年と一日目の人生を歩き出していた。

あとがき

初めまして、もしくはこんにちは。村崎《むらさき》樹《たつる》と申します。このたびは「人生七周目の予言者は王弟殿下の寵愛《ちょうあい》を回避したい」を手に取っていただき、誠にありがとうございます。

早いもので今作が五冊目の商業作品となりました。つい先日デビュー作が発売された感覚でいたので、時の早さに驚くばかりです。そりゃあ年も取るはずだ。

本編には関係ありませんが、今回は初稿を担当編集様にお送りしたあと、数日経過してから爆発的な肩・背中・首の凝りが襲ってきました。筋肉痛が遅れてやってくると「年を取ったな……」などとぼやきがちですが、肩凝りもそうなのでしょうか。違うか。

そんな感じで時差式肩凝りに呻《うめ》きつつ書き上げた今作は、主人公の死によって時間が巻き戻る、いわゆる死に戻りファンタジーになりました。異世界転生や悪役令嬢といった流行ジャンルの作品を目にすると、「BLに落とし込むならどんな展開にするのがいいかな」とついつい妄想を膨らませてしまいます。

一七五年という長い時間を生きてきたルカですが、「ええい、年寄りの言うことは聞くものじゃあ！」みたいなキャラクターではなく。日々を楽しく生きていければいい、刹那主義な現代っ子気質です。

飄々《ひょうひょう》としていて、少し冷めているけれど、その裏に他人には決して見せられない弱さがあり……と、こういう主人公を書いていると「わたしの小説だな～」と実感します。

ウィルフレッドにつきましては、わたしは爽やかスパダリ攻めを生み出す際、「なぜ彼はこんなに良《い》い奴《やつ》なんだ？　どんな過程を経たらスパダリ人格になるのか？」と考えすぎるきらいがありまして（笑）。結果的にいつも少々癖のあるスパダリになります。

今回もぐるぐる悩んだ末に、ああいった背景があるキャラクターとなりました。これからも許される限り一癖あるスパダリを生み出していきたいな！　と目論《もくろ》んでいます。

ネタ出し段階ではもっとライトな雰囲気のお話になる予定だったのですが、ルカとウィルフレッドが今の性格になる経緯を練るうちにシリアスな一面がちらほら顔を出し、ルカの生まれ変わりの秘密について考えていくとどんどん設定が入り組んできて……と、予想していた何倍も頭を悩ませながらの執筆となりました。

個人的に、小説を書いていて一番ほっとする瞬間は、〈メインキャラのどちらかが物語の軸になるような決め台詞《ぜりふ》を言ってくれたとき〉かなと思っています。今回の執筆もたくさん苦しみましたが、終盤のルカの言葉に触れた際、「君たちの人生はこういう物語だったんだな」としみじみ感じて嬉《うれ》しくなりました。あとがきを先に読む派の方もいらっしゃるかと思いますので、どの部分であるかは明言しませんが、今作を手に取ってくださったみなさまにも「この台詞かな」と感じられる箇所があればいいなと願っています。

小山田《おやまだ》あみ先生におかれましては、素晴らしいイラストを描いていただき、厚くお礼申し上げます。作家を目指して新人賞に挑戦していたときから、「いつかこのイラストレーター様に挿画を担当していただけたらいいな」と憧れを抱いていた先生のお一人でしたので、また一つ夢が叶《かな》った幸せを噛《か》みしめております。頭の中で妄想をこねくり回していたルカとウィルフレッドに、繊細かつ美しいイラストで命を吹き込んでいただき感無量です！

デビュー作から今作に至るまでご担当いただいた編集T様にも、心より感謝いたします。優しく指導熱心で、萌《も》えを語るときは一際熱がこもる愉快なT様に担当していただけたことは、わたしの作家人生において最初の幸運でした。T様の丁寧なご指導を忘れず、作家買いをしてもらえるBL小説家を目指してこれからも精進して参ります。

最後になりましたが、お付き合いいただいた読者様に特大の感謝を申し上げます。恋のときめきや物語を読み進める楽しさといった、様々な種類のドキドキをお届けできていましたら幸いです。編集部宛てのお手紙やSNSなどでご感想をいただけましたら、次の物語を生み出す活力となりますので、何卒《なにとぞ》よろしくお願いします。

それでは、またどこかでお会いする機会があることを祈りまして。二〇二三年も、みなさまに取りまして素敵な一年となりますように！

二〇二三年一月　村崎 樹

LYNX ROMANCE

小説原稿募集

リンクスロマンスではオリジナル作品の原稿を随時募集いたします。

募集作品

リンクスロマンスの読者を対象にした商業誌未発表のオリジナル作品。
（商業誌未発表のオリジナル作品であれば、同人誌・サイト発表作も受付可）

募集要項

＜応募資格＞
年齢・性別・プロ・アマ問いません。

＜原稿枚数＞
４５文字×１７行（１枚）の縦書き原稿、２００枚以上２４０枚以内。
※印刷形式は自由。ただしＡ４用紙を使用のこと。
※手書き、感熱紙不可。
※原稿には必ずノンブル（通し番号）を入れてください。

＜応募上の注意＞
◆原稿の１枚目には、作品のタイトル、ペンネーム、住所、氏名、年齢、電話番号、メールアドレス、投稿（掲載）歴を添付してください。
◆２枚目には、作品のあらすじ（４００字～８００字程度）を添付してください。
◆未完の作品（続きものなど）、他誌との二重投稿作品は受付不可です。
◆原稿は返却いたしませんので、必要な方はコピー等の控えをお取りください。
◆１作品につき、ひとつの封筒でご応募ください。

＜採用のお知らせ＞
◆採用の場合のみ、原稿到着後６カ月以内に編集部よりご連絡いたします。
◆優れた作品は、リンクスロマンスより発行させていただきます。
原稿料は、当社既定の印税でのお支払いになります。
◆選考に関するお電話やメールでのお問い合わせはご遠慮ください。

宛先

〒151-0051
東京都渋谷区千駄ヶ谷４−９−７
株式会社　幻冬舎コミックス
「リンクスロマンス　小説原稿募集」係

この本を読んでの
ご意見・ご感想を
お寄せ下さい。

〒151-0051
東京都渋谷区千駄ヶ谷4-9-7
(株)幻冬舎コミックス　リンクス編集部
「村崎《むらさき》 樹《たつる》先生」係／「小山田《おやまだ》あみ先生」係

リンクス ロマンス

人生七周目の予言者は王弟殿下の寵愛を回避したい

2023年2月28日　第1刷発行

著者……………村崎《むらさき》 樹《たつる》
発行人…………石原正康
発行元…………株式会社　幻冬舎コミックス
〒151-0051　東京都渋谷区千駄ヶ谷4-9-7
TEL 03-5411-6431（編集）
発売元…………株式会社　幻冬舎
〒151-0051　東京都渋谷区千駄ヶ谷4-9-7
TEL 03-5411-6222（営業）
振替00120-8-767643
印刷・製本所…株式会社　光邦
検印廃止

ISBN978-4-344-85193-1 C0293
Printed in Japan

幻冬舎コミックスホームページ　https://www.gentosha-comics.net